뻔하고 발랄한 에세이도 괜찮아

뻔하고 발랄한 에세이도 괜찮아

다, 괜찮아 02

초판 1쇄 발행 2015년 09월 10일
개정 1쇄 발행 2020년 07월 25일

지은이 김무영
발행인 김태영

발행처 도서출판 씽크스마트
주소 서울특별시 마포구 토정로 222(신수동) 한국출판콘텐츠센터 401호
전화 02-323-5609 · 070-8836-8837 팩스 02-337-5608

ISBN 978-89-6529-245-6 03800

- 잘못된 책은 구입한 서점에서 바꿔 드립니다.
- 이 책의 내용, 디자인, 이미지, 사진, 편집구성 등을 전체 또는 일부분이라도
  사용할 때는 저자와 발행처 양쪽의 서면으로 된 동의서가 필요합니다.
- 원고 kty0651@hanmail.net
- 페이스북 www.facebook.com/thinksmart2009
- 블로그 blog.naver.com/ts0651

- 이 도서의 국립중앙도서관 출판예정도서목록(CIP)은 서지정보유통지원시스템 홈페이지
  (http://seoji.nl.go.kr)와 국가자료공동목록시스템(http://www.nl.go.kr/kolisnet)에서 이용
  하실 수 있습니다.(CIP제어번호: CIP2020026180)

- 씽크스마트 • 더 큰 세상으로 통하는 길
- 도서출판 사이다 • 사람과 사람을 이어주는 다리

〈뻔하고 발랄한 에세이도 괜찮아〉는 2014년 출간된 〈에세이 비행학교〉의 개정판입니다.
나를 위한 즐겁고 유용한 도구로서 글쓰기를 누리시길 바랍니다.

뻔하고 발랄한 에세이도 괜찮아

김무영 지음

왜.

에세이인가?

글쓰기가 유행이란다. 산불처럼 번지는 글쓰기 열풍에, 글을 써서 먹고사는 나는 반가움보다 의아함이 더 앞섰다.

'왜?'

출판은 점점 더 불황이다. 책 읽는 사람들은 점점 더 줄고 있다. 사람들은 이제 한 달에 책 한 권도 채 사지 않는다. 한 달에 책값보다 커피값을 더 많이 쓰지 않는가. 그런데 글쓰기라니?

글을 잘 쓰려고 태어난 사람은 아무도 없다. 나도 마찬가지다. 어찌어찌 살다 보니 글쓰기가 필요했을 따름이다. 그러다가 글쓰기를 사랑하게 됐을 뿐, 글쓰기 자체가 내 인생의 목적은 아니다.

글쓰기를 살아내며 절실하게 느끼는 건, 글쓰기는 요령이 아니라 내용이 더 중요하다는 사실이다. 사람들은 어떻게 하면 글을 잘 쓰느냐고 묻지만, 먼저 알아야 할 것은 무엇을 쓸까 하는 고민, 다시 말해 내용에 대한 고민이다.

우리에겐 글쓰기가 필요하다. 맞다, 우리는 글쓰기를 몹시 필요로 한다. 문자 메시지와 인스턴트 메시지만 봐도 그렇다. 하루에 보내는 메시지가 도대체 몇 문장이나 될까? 트위터와 페이스북, 인터넷 게시글과 댓글, 심지어 베댓베스트 댓글이 되기 위해 우리는 무수히 많은 문장을 쓴다. 쇼핑 후기도 써야 하고, 직장생활을 잘하려면 틈틈이 메모도 열심히 해야 한다.

어디 그뿐인가. 입학할 때마다, 입사할 때마다 수십, 수백 통의 자기소개서를 써내야 한다. 수치와 자료로만 채우면 충분했던 보고서조차 이제는 스토리텔링을 요구한다. 이것 참 곤란하다. 글쓰기를 하지 않고는 피해갈 수 없는 세상이 되어 버렸다. 자기표현을 잘하는 사람이 이기는 시대가 되어 버렸다.

자기 이해 없이는
에세이도 없다

막막하다. 한 시간이 지나도록 커서만 깜박거린다. 도대체 뭘 어떻게 써야 할지 모르겠단다. 작년 여름, 《글쓰기 비행학교》를 펴내고 곳곳에서 글쓰기를 함께 할 때마다 사람들은 내게 막막함부터 호소했다. 잘 쓰는 건 고사하고, 주어진 분량을 채우는 것조차 쉽지 않다고 했다. 당연하다. 밑천이 없는데 어떻게 장사를 하나?

크든 작든 장사를 하려면 밑천이 있어야 한다. 그럼, 글쓰기의 밑천은 무엇일까? 경험을 바탕으로 한 자기 이해이다. 경험만 많이 했다고 다 되는 게 아니다. 돈만 많다고 장사를 잘하는 게 아니듯, 경험과 더불어 '자기 이해'라는 안목을 가져야 한다.

자기 이해란, 다름 아닌 자신의 존재와 삶의 의미를 정직하게 성찰한다는 의미이다. 스스로를 탐구하는 인문학적 사고思考가 없이는, 한 문장도 쉽게 만들 수 없다.

"아니 됐고, 시간도 없고 더 급하고 중요한 일도 많은데 언제 인문학적 사고까지 신경 쓰나? 그냥 글이나 좀 잘 쓰게 해줘." 사람들은 이렇게 말한다. 하지만 어쩌랴? 아무리 급해도 생쌀을 그냥 씹어 먹으랴?

에세이가
글쓰기의 기초

한 가지 좋은 방법이 있다. 글쓰기는 글쓰기로 배워야 한다. 그렇다면 글을 쓰면서 자기 이해를 얻을 수 있는 방법은 없을까? 있다. 에세이다. 에세이가 글쓰기의 기초가 될 수 있다.

프랑스의 철학자 미셸 드 몽테뉴Michel de Montaigne 1533~1592
는 사상가였던 동시에 수필가, 즉 최초의 에세이스트였다. 그
의 유명한 저서,《수상록》의 프랑스어 제목은 다름 아닌 '에세
Essais', 영어로는 에세이Essays였다.

르네상스 시대 유럽, 신에 맞서 인간의 존재와 삶의 의미
를 찾아 나선 다른 유럽인들처럼, 몽테뉴 역시 인문학적 사고
에 몰두했다. 그리고 그는《에세》를 적었다. 프랑스어로 에세
Essais란, '시험 삼아'라는 뜻이다. 에세이가 자기 이해의 밑거
름이 될 수 있는 근거다.

서점이나 도서관에 달려가서, 몽테뉴의《수상록》목차를 살
펴보라. 그는 '인간의 조건'에서부터 시작해 '죽음에 대하여'
에 이르기까지 영광과 명성, 자만심, 욕망, 잔인함, 비겁함, 독
서, 대화, 결혼과 사랑, 질병, 정치, 당파심, 취미, 여행 등 평범
하고 광범위한 주제를 무려 20년 동안이나 써 내려갔다. 몽테
뉴뿐만이 아니다. 파스칼도, 베이컨도, 쇼펜하우어도, 에머슨
도 수상록을 썼다. 이제, 당신이 쓸 차례다.

이 책은 '글쓰기 비행학교 실전 워크북' 시리즈의 첫 번째이다. 《글쓰기 비행학교》가 글쓰기 자체에 대한 입문서라면, 글쓰기를 시작하는 첫걸음으로 에세이부터 실천해 보자. 글을 잘 쓰는 비결을 깨닫기 이전에 먼저 글 쓰는 이 스스로를 깨달아야 한다.

진정한 자기표현은 올바른 자기 이해를 통해서만 가능하기 때문이다. 글쓰기는 모방만으로 완성되지 않는다. 글쓰기는 표현이고 창조다. 당신은 글 쓰는 로봇이 되고 싶은가, 아니면 글 쓰는 나 자신이 되고 싶은가?

자신만의 에세이를 쓰고자 하는 모든 외로운 이들에게, 이 책이 부디 첫걸음부터 끝까지 함께 하는 좋은 친구가 되었으면 좋겠다.

2015년 8월

김무영

프롤로그.

Part 1 에세이의 기초

Part 2 주제와 구성

Part 3 문장과 표현

Part 4 에세이의 실제

에필로그.

부록.

Part 1

에세이의
기초

에세이스트와
글쓰기

에세이를 쓰려면 먼저 에세이스트가 되어야 한다. 에세이스트란 작가를 가리키는 말이 아니다. 그러므로 에세이스트가 되라는 것은 원래 단어의 뜻 그대로 '실험자', '탐구자'가 되어야 한다는 의미다.

에세이스트는
탐구한다

이상한 이야기부터 하나 해 보자. 내 생일은 3월 18일이다.외우거나 밑줄을 그을 필요는 없겠다. 그런데 나는 내 생일이 마음에 안 든다. 3월은 좋은데 날짜가 문제다. 욕이 연상되기 때문이다.

그렇다고 내 마음대로 생일을 바꿀 수는 없다.

내 혈액형은 AB형이다. 나는 내 혈액형이 상당히 마음에 든다. 예술가적이고, 감성이 풍부하다고 하니까. 똘아이 아니면 천재라는 말도 있지만. 그러나 내 마음에 들지언정 내가 고른 것은 아니다.

슬프게도 내 키는……. 죄송하다. 차마 지면에 밝힐 용기가 없다. 만약 내가 내 키를 고를 수 있다면, 정말 겸손하게 딱 183cm만 컸으면 싶다. 거기서 1mm도 더 바라지 않는다. 그러나 내 키는……. 같이 울어 주셔서 감사하다. 지금은 괜찮다. 정말이다. 나는 내 키가 사랑스럽다.

얼굴, 체형, 골격, 체질, 손가락, 발가락, 어느 것 하나 내가 고른 건 하나도 없다. 부모님도, 태어난 곳도, 태어난 시대도 무엇 하나 내 선택은 없었다. 그리고 놀라지 마시라! 심지어 내 이름, 내 이름마저도 내가 짓지 않았다. 그런데 이게 누구라고?! 이게 나란다. 이게 나고, 내 인생이란다. 어떻게 이럴 수가!

하이데거Heidegger는 그래서 '인간은 세상에 내동댕이쳐졌다.'고 말했나 보다. *인간의 피투성被投性 우리 모두는 이렇게 자신이 고르지도 않은 인생을, 자신도 언제일지 모르는 죽을 때까지, 다른 누구도 아닌 자기 자신이 살아내야 한다. 고로, 인간은 평생토록 스스로를 탐구해야 한다.

첫 번째
탐구 대상
'나'

다행히도, 인간은 시간이 지나면서 주어진 나를 벗어나, 진짜 나를 찾아간다. 사춘기를 거치며 몸도 마음도 진짜 내가 되어 간다. 그러나 불행히도, 우리 현대인들은 사춘기를 거치며 몸만 어른이 된다. 오히려 몸의 사춘기는 점점 빨라지는 반면, 마음의 사춘기는 점점 느려지는 것 같다. 그래서 나는 에세이를 써야 할 가장 시급한 연령대가, 다름 아닌 사춘기 청소년들이라고 본다. boys and girls, be essayist![1]

에세이스트가 가장 먼저 탐구해야 하는 건 자기 자신이다.

1 　19세기 일본 삿포로 농학교의 초대 교감이었던 미국의 윌리엄 클라크(William S. Clark)가 남긴, 'Boys, be ambitious!(소년들이여, 야망을 가져라!)'를 패러디했다. 야망을 갖기 전에 먼저 스스로를 탐구하자.

왜냐하면 자기가 고르지 않았기 때문이다. 내가 태어난 이 시대는 어떤 시대인지, 어떤 역사적 흐름과 전망을 가지고 있는지, 우리 부모는 어떤 사람인지, 내가 사는 지역은 어떠한지 알아야 한다. 남성은 어떤 존재인지, 여성은 어떤 존재인지, 내 성격은 어떤지, 다혈질인지 참을성이 많은지, 내 얼굴은 어떤지, 내 입맛은 어떤지, 이루 헤아릴 수 없이 많은 탐구 영역이 존재한다.

스스로에 대한 탐구가 어느 정도 이루어졌을 때라야, 비로소 나를 '진짜 나'라고 말할 수 있다. 그러므로 첫 번째 에세이의 주제도 당연히 나 자신이 되어야 한다.

글쓰기의
마법 같은
힘

자기 자신을 탐구하는 방법은 우선 실제적이어야 한다. 오감을 다 동원해서 보고, 듣고, 냄새 맡고, 맛보고, 만져 보아야 한다. 그러나 그것만으로는 부족하다. 선택하고 판단해야 한다. 몸이 아니라 머리와 가슴으로 해야 하는 일이다.

자기 자신을 탐구하는 에세이스트들에게 글쓰기가 유용한 까닭은 이 때문이다. 글쓰기는 눈에 보이지 않는 것을 눈앞에 보여 주는 마법 같은 힘이 있다. 글쓰기 덕분에 독자들은 눈에 보이지 않는 나의 과거 경험, 감정, 생각을 눈으로 읽을 수 있다. 단순히 글자를 읽는 것이 아니라, 나의 표정과 느낌, 분위기와 뉘앙스까지 읽어낸다.

그렇다. 글쓰기는 눈에 보이지 않는 것을 써야 한다. 사진이 눈에 보이는 피사체를 정확하게 담아내는 도구라면, 글이란 눈에 보이지 않는 피사체를 담아내는 도구다. 경험, 감정, 가치관, 시대의식, 인간관계, 성향, 취향, 미래까지 현실에서 직접 눈으로 보기 힘든 순간들을 있는 그대로 자유롭게 포착한다.

글쓰기
특성

에세이스트와 글쓰기는 궁합이 잘 맞는 좋은 짝꿍이다. 글쓰기는 시공간을 초월해서 자유롭게 작동하기 때문이다. 입학이

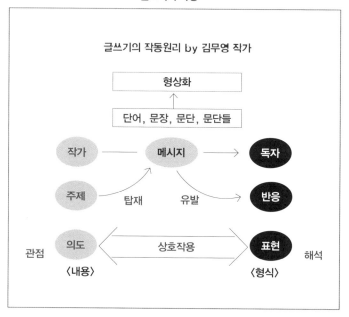

글쓰기의 특성

글쓰기의 작동원리 by 김무영 작가

나 채용 시험에서 에세이를 시험 과목으로 채택한 것도 이러한 특성 덕분이다. 한 편의 글을 쓰게 하면 지원자의 경험, 인성, 자질, 비전을 한 번에 가늠해 볼 수 있다.

주의해야 할 때도 있다. 눈에 보이지 않는 것을 보여 주고, 시공간도 초월하다 보니, 원래 표현하려고 하는 사실과 멀어질 수도 있다. 말로 하면 금방 들통 날 거짓말도, 글로 쓰면 잘 들통 나지 않는 것은 바로 글쓰기의 이런 특성 덕분이다.

작가와 독자가 각각 존재한다는 것도 글쓰기의 중요한 특성이다. 바꿔 말하면, 글쓰기는 독자라는 외부요소의 영향에 대단히 민감하게 반응한다. 나 혼자 써서 나 혼자 읽는 글이라도 그렇다. 쓸 때의 나와 읽을 때의 내가, 글쓰기에선 각각 다른 존재이기 때문이다. 앞의 그림을 보자.

두 번째
탐구 대상
'독자'

자기 자신을 탐구하는 에세이스트가 글쓰기를 활용할 때, 그는 독자와 함께하는 탐구자가 된다. 나 혼자 탐구하면 되는 게 아니라, 독자와 함께 한다는 사실이 중요하다. 독자가 어떻게 받아들이느냐에 따라 당신의 탐구가 좌우될 수 있다.

따라서 에세이스트는 자기 자신을 탐구할 뿐만 아니라 독자를 탐구해야 한다. 많은 사람들이 글만 좋으면 독자가 생기거나 높은 호응을 얻을 수 있으리라 기대한다. 하지만 현실은 글이 좋아서 독자가 생긴 게 아니라, 글과 잘 어울리는 독자가 생긴 것이다. 글을 잘 써서 호응해 주기보다, 독자가 호응할 만한 글을 썼을 따름이다.

이것은 모든 글쓰기가 마찬가지다. 글을 쓸 때 가장 중요한 구성요소는 독자다. 누가 내 글을 읽을 것인가? 독자가 내 글을 읽고 어떻게 반응하게 해야 좋을까? 작가는 필수적으로 글을 쓰기 전에 이런 고민부터 해야 옳다.

세상에 '누구나'라는 사람은 없다. 물리적으로 없다는 뜻이다. 단지 개념만이 있을 뿐이다. '불특정 다수'도 마찬가지다. 세상에 '한국사람'이라는 실제 사람은 없다. 개념만 가지고 독자를 상정할 수는 없다는 말이다. 독자는 실존인물이어야 한다. 그래서 실제로 내가 글을 써서 가져다 줄 수 있어야 한다.

글을 먼저 쓰고 독자를 찾는 것이 아니라, 독자를 찾으면서 글을 써야 한다. 실제로 독자에게 가닿지 않는다면, 그래서 아무도 내 글을 실제로 읽어 주지 않는다면 그 글은 실패다. 물론, 때때로 시대를 너무 앞서가서 독자를 못 찾는 경우도 있다. 혹은 글이 너무 시대에 뒤쳐져서, 글을 읽어 줄 독자가 이미 다 죽어 버렸기 때문에? 독자를 찾지 못할 수도 있지만…….

독자라는 구성요소는, 여러 가지 탐구 수단들 중에서도, 글쓰기가 가지는 가장 독특한 특성이다. 잊지 말자. 에세이스트는 독자와 더불어 탐구하는 사람이다.

나답게
생각하는 힘

개성이란 무엇일까? 요즘처럼 개성을 중시하는 시대가 또 있었을까? 이제는 우리 사회도 개성을 당연시하는 듯하다. 물론, 조직사회나 군대 같은 특수한 환경은 예외겠지만, 개인적인 존재로서 개성은 필수적이다.

그러면 어떻게 해야 개성을 가질 수 있을까? 무조건 사람들 눈에 튀어야 할까? 유별나면 되는 걸까? 아니다. 나는 가장 나다울 때 가장 개성적이다. 그렇지 않은가? 지구의 인구가 70억이지만, 나는 단 한 명뿐이다. 나만큼 개성적인 존재가 또 어디에 있단 말인가?

나다운 글을
쓰려면

아쉽게도 사람들은 다른 사람처럼 되려고 애를 쓴다. 내가 나 자신이 되기보다, 다른 누구처럼 되어야 더 행복하다고 믿는다. 《인문학은 행복한 놀이다》에서도 지적했지만, 사람들은 좀처럼 자기 자신이 되려 하지 않는다.

사람은 누구나 자기 자신으로 존재하지 않으면 안 된다. 이것은 규칙도 아니고 강요도 아니다. 사람은 누구나 홀로 존재한다는 본질적인 사실 때문이다. 레비나스의 표현을 빌려서 말하면, 사람은 누구나 최초의 자유로부터 시작해야 하는 것이다. 그리고 만남과 사랑과 이별의 일상 속에서, 스스로의 존재를 지킴과 동시에 타인의 존재 또한 지켜 주어야 한다. 이것은 힘 있는 자가 힘없는 자를 보호해 주는 개념이 아니라, 한 존재가 다른 존재를 향해서 내미는 희망의 손길이다. 존재 자체로 모두는 평등하기 때문이다. 누가 누구를 소유하거나 빼앗는 게 아니라 각자 자기 자신으로 존재하면서도, 또한 함께 살아가는 것이다.

그럴 때 만남은 비로소 나의 고독을 뚫고서 상대방에게 순수하게 가닿는다. 서로를 소유하지도, 지배하지도 않고, 아무도 소외시키지 않으면서. 그럴 때 이별은 도리어 서로를 향한 축복으로 살포시 서로의 삶에 내려앉는다. 그것은 하나의 현상일 뿐 본질은 아니다. 만남도, 사랑도, 이별도 나의 삶을 충만하게 채웠다가 비워지는 하나의 물과도 같다.[2]

쉽게 말해서 개성이란 함께 있을 때 더욱 빛나는 그 무엇이다. 그런데 이것은 절대적인 조건이 아니라 상대적이다. 개성은 완전히 상대적인 개념이다. 이를테면 내가 아이들과 놀 때 나는 거인이 된다. 아이들에 비해서 나는 크고 거대하다. 그러나 농구 경기장에 가면 나는 난쟁이가 된다. 농구선수들 사이에서 나는 작고 왜소하다. 내 키가 변한 것일까?

개성 있는 글을 쓰라고 할 때, 다들 오해하는 지점이 있다. 자기는 별로 개성적이지 않다며 부담스러워한다. 특히 자주

2   p.149~150, 김무영, 《인문학은 행복한 놀이다》, 도서출판사이다(씽크스마트), 2013.

하는 말이 "특별한 게 없는데……." 혹은 "아는 게 없어서 쓸 게 없다."는 것이다.

뭐가 있어야 쓸 수 있다는 이런 오해는 글쓰기에 방해만 된다. 내가 아직 없는 걸 쓰는 게 아니라, 내가 이미 가지고 있는 것을 써야 한다. 그게 바로 글쓰기다. 있으면 있는 대로, 없으면 없는 대로, 자기 자신을 드러내는 표현수단이다.

나만 쓸 수 있는 에세이

일단 글을 쓰면, 개성은 그 다음에 생긴다. '이 글은 화려하네.', '이 글은 담백하네.', '이 글은 일상적이네.', '이 글은 대중적이네.' 하는 평가는 자신이 말하고자 하는 바를 솔직하게 드러낸 다음에야 부여받는 글의 개성이다.

아직 드러내지도 않았는데 개성이 없다고 단정할 수는 없다. 하지만 이미 드러냈다면 개성이 없을 수도 없다. 토씨 하나 안 틀리고 표절하지 않은 이상 세상에 똑같은 글이란 존재할 수 없다.

그러니까 우선 써야 한다. 방법은 하나다. 최대한 있는 그대로 솔직하게 쓰라!

"네? 정말 그렇게 써도 돼요?"

에세이를 지도하면서 가장 많이 듣는 소리다. 사람들은 희한하게도 개성적인 글을 쓰고 싶다면서 천편일률적인 표현을 즐겨 사용한다. 증거를 들어 볼까? 국내 대기업 채용시험 에세이를 근거로, 나는 이렇게 주장할 수 있다.

대한민국의 청년들은 모두 엄격한 아버지와 부드러운 어머니 아래 성장했다. 이들의 취미는 독서 혹은 영화감상이며, 모두들 틈만 나면 여행가기를 즐긴다. 이들은 대체로 실패에도 굴하지 않는 도전정신을 가지고 있으며, 특별한 경력은 없지만 대신 뜨거운 열정이 있다. 이들은 뽑아 주기만 하면 잔심부름도 군말 없이 할 각오가 되어 있다. 이들 대부분은 어릴 때부터 지원하는 기업의 입사를 꿈꿔왔다.

얼마 전, 지역 도서관에서 주최한 독후감 심사위원으로 참여했다. 백여 편이 넘는 응모작들 가운데 단 세 작품을 뽑아야 했는데, 의외로 심사는 간단했다. 비슷한 내용을 추려내고 나니, 딱 두 편이 남았던 것이다. 이 두 편만이 독창성 항목에서 만점을 받았다. 그럼 두 편의 내용이 다른 작품들보다 많이 특이했을까? 내가 이전에 본 적이 없는 아주 참신한 내용이었을까? 전혀 그렇지 않다. 절대적인 기준에서 보면, 그저 평범하고 일상적인 내용이었다. 단, 아주 솔직했다.

모르면 모른다고 쓰라

모르면 모른다고 써야 한다. 다른 모든 독후감들은 책을 읽고 나서 '이제 다 알겠다.'고 써 놓았다. 물론 그게 거짓은 아닐 것이다. 그런데 유독 한 편의 독후감이 '여전히 모르겠다.'고 썼다. 그래서 열심히 읽었단다. 몇 번을 계속 읽었는데 도저히 모르겠어서 속상했단다. 하지만 포기하지 않고 이번 독후감을 계기로 계속 알기 위한 노력을 멈추지 않겠다고 했다. 그러면서 자신이 앞으로 어떻게 노력해야 할지 나름대로 실제적인 고민을 전개한 내용이었다.

자기소개서를 봐주는데, 한 수강생이 말했다.

"선생님, 전 아무리 생각해 봐도 자기소개서 항목 중에 써야 하는 '자신이 뽑혀야 하는 이유'가 뭔지 모르겠어요. 없는 것 같아요."

그러면서 금방 눈물을 글썽거렸다. 내가 말했다.

"방금 한 말 그대로 쓰면 되겠다."

"네?"

"솔직하게 '아무리 생각해 봐도 제가 뽑혀야 하는 이유가 무엇인지 모르겠습니다.'라고 써."

"네? 정말 그렇게 써도 돼요?"

"응. 니 생각에 그럼 뽑아야 할 이유가 있는 친구들은 어떤 특징이 있는 거 같은데?"

그러자 눈물을 글썽이던 수강생은 줄줄줄 나름대로 이런저런 이야기를 나열하기 시작했다. 딱하게도 이야기를 하는 내내 그녀의 얼굴은 더 울상이 되어 버렸다.

　　"좋아. 그럼 넌 그런 이유들 대신에 어떤 노력을 했지? 남
　　들이 그거 할 동안에 넌 뭘 했는지 말해 줘."

수강생의 눈동자가 갑자기 초롱초롱해졌다. 결론적으로 그녀는 서류에 합격했다. 자소서 덕분인지는 잘 모르겠다. 어쨌든 1차가 자기소개서와 서류였고, 수강생은 자신이 뽑혀야 하는 이유가 무엇인지 모르겠다고 대답해서 뽑혔다. 대신 일반적으로 해당 분야에 대해 자신이 어필할 만한 특기는 없지만, 대신 자기 전공분야에서 갈고 닦은 특기가 있다고, 회사에도 그런 사람 한 명쯤은 있어야 하지 않겠냐고 썼다.

특이해서가 아니라, 솔직해서 개성적이다. 다른 사람은 못 쓰는, 오로지 나만 쓸 수 있는 에세이는 솔직하게 쓸 때에만 가능하다.

실험정신

에세이를 쓰는 사람은 탐구자다. 독자와 함께하며 솔직하다. 그래서 에세이스트는 실험정신이 충만한 사람이다. 생각의 끝까지 자유로운 사람이다. 그래야 충분히 실험할 수 있다.

한 편의 에세이는 하나의 실험이다. 에세이가 풍부한 사회일수록 성숙할 수밖에 없다. 우리나라도 에세이를 시험에만 강요하지 말고, 평소에 즐기도록 해 주면 좋겠다. 정치, 경제, 사회, 문화, 예술 등 분야를 가리지 않고, 재미있고 건강한 실험이 넘쳐났으면 좋겠다.

그리스인
조르바

여기, 모든 에세이스트들의 롤모델이 될 만한 한 사람을 추천한다. 니코스 카잔차키스Nikos Kazantzakis의《그리스인 조르바》에 나오는 조르바다.

사면을 내려가면서 조르바가 돌멩이를 걷어차자 돌멩이는 아래로 굴러 내려갔다. 조르바는 그런 놀라운 광경을 처음 보는 사람처럼 걸음을 멈추고 돌멩이를 바라보았다. 그러다 나를 돌아보았다. 나는 그의 시선에서 가벼운 놀라움을 읽을 수 있었다.

"두목, 봤어요?"

"……."

"사면에서 돌멩이는 다시 생명을 얻습니다."

나는 아무 말도 하지 않았다. 하지만 내심 놀랍고도 기뻤다. 아무렴. 무릇 위대한 환상가와 위대한 시인은 사물을 이런 식으로 보지 않던가! 매사를 처음 대하는 것처럼! 매일 아침 그들은 눈앞에 펼쳐지는 새로운 세계를 본다. 아니, 보는 게 아니라 창조하는 것이다![3]

우연히 걷어차여 산산조각 나는 돌멩이를 보면서도 조르바는 감탄한다. 이렇게 순진할 수가 없다. 날마다 걷는 길도 조르바에게는 새롭다. 매 순간이 처음인 것처럼, 편견이나 고정관념 따위는 조르바에게 없었다.

그는 광부였지만 음악가였고, 요리사였다. 또한 그는 완전히 세속적이면서도 더없이 거룩한 사람이었다. 매순간마다 그는 다른 존재로 살았다. 그럼에도 불구하고, 그는 매순간 '조르바'였다. 모든 순간이 다 조르바다웠다.

현대인의 삶은 규칙적이다. 패턴의 반복이다. '다람쥐 쳇바퀴 돌듯'이라는 속담은, 실은 다람쥐보다 사람에게 더 잘 어울린다. 역할과 기능이 고정되어 있고, 시간마다 할 일이 정해져 있다. 이러한 삶의 양식에 적응하다 보니, 인생이 온통 새로운 것보다는 익숙한 것 투성이다.

재미없다. 인간은 기계가 아닌데, 기계처럼 살아간다. 부속

---

3   p.157, 니코스 카잔차키스,《그리스인 조르바》, 이윤기 옮김, 열린책들, 2009.

품이 아닌데, 부속품이 되어 버렸다. 우리에게는 인생을 만끽할 실험정신이 필요하다.

삶의 모든 순간이
처음인 것처럼

조르바야말로 에세이스트의 전형이다. 그는 놀라울 정도로 자유로운 탐구정신을 지녔다. 어떤 결과물이나 이익을 얻기 위해 탐구한 것이 아니었다. 그래서 더 놀랍다.

원래 글쓰기는 치밀해야 한다. 되도록 모든 것을 의도하고, 미리 계획할수록 좋다. 그러나 에세이만큼은 자연스러운 게 좋다. 에세이라는 장르 자체가 자유에 기반을 둔 장르이기 때문에 그렇다.

에세이의 사전적 정의는 이렇다.

형식의 구애를 받지 않고,
자신의 생각과 경험을
자유롭게 표현하는 산문 글쓰기

에세이의 본래 어원이 실험이지 않은가. 그렇다면 이 실험은 대체 무엇을 위한 실험일까?

더 나은
세상을 위한
실험

이 이야기를 하기 위해서, 다시 최초의 실험 현장으로 가 보는 게 좋겠다. 몽테뉴가 《수상록》을 집필한 기간은 대략 1560년에서 1580년 사이였다. 당시 유럽에서는 르네상스와 종교개혁의 뜨거운 바람이 불고 있었다. 절대적인 기준이었던 신神은 무너졌다. 사람들은 불안해했다. 그렇다. 불안이 온 유럽을 사로잡고 있었다. 이제, 아무것도 믿을 수 없게 되었기 때문이었다.

흔히 르네상스를 태평성대 시대로 오해하는데, 이는 문예부흥이라는 말이 주는 뉘앙스 때문인 것 같다. 몽테뉴가 에세이를 쓰던 당시, 유럽의 절대 강자인 스페인과 가톨릭은 이미 심각한 타격을 입은 상태였다. 영국과 네덜란드, 독일에서 종교개혁의 바람을 타고 패권 다툼이 일어났고, 1572년 8월, 프랑스에서는 가톨릭 신자들이 개신교인들을 학살한 성 바르톨로메오 축일의 학살이 벌어졌다. 이 당시 살해당한 개신교인들의 숫자는 최소 3만에서 최대 7만 명이라고 하니, 얼마나 혼란스러웠을까?

우리들은 그저 종교개혁으로, 교회의 억압으로부터 자유로워졌다고 간단하게 말해 버리지만, 당시 사람들의 입장에서 보면, 엄청난 시대적 격변기였다. 무려 천 년 동안 의지해 온 교회조차 믿을 수 없는, 기존의 상식이 모두 뒤집어지는 혼란의 시대를 살아야 했다. 그때, 몽테뉴는 에세Essais를 썼다.

잘 나가던 정치가, 먹고 살 걱정 따위는 할 필요 없는 한가한 철학자가 그저 시간이나 때우려고 쓴 게 아니었다. 그는 물어야 했다. 인간이 무엇인지부터 죽음에 이르기까지, 모든 것을 다시 물어야만 했다.

다른 사람에게 물어볼 수 없는 질문이었다. 스스로 묻고 스스로 탐구해야 했다. 답을 아는 사람이 아무도 없었으니까. 그러니까 몽테뉴가 탐구했던 문제는 아이러니하게도 답이 없는 질문들이었다. 하지만 그는 물었다. 더 나은 세상으로 나아가기 위해서는 답이 없어도 물어 보아야 할 질문들이 있었다.

관점을
넓혀라!

에세이라고 하면, 개인적인 수필쯤으로 치부하는 경향이 짙다. 그러나 그런 관점만으로는 모자라다. 어느 누구도 한 개인으로만 존재하지 않는다. 인생은 혼자 사는 것이 아니기 때문이다.

아니, 백 번 양보해서 그저 개인적인 이야기만 늘어놓는다 처도, 사회와 시대를 바라보는 넓은 관점은 필수적이다. 한 아이의 엄마로서 육아의 어려움을 토로하는 이야기를 쓰려고 해도, 육아에 무책임한 우리 사회의 단면을 이야기하지 않을 수는 없다.

사회적인 글을 쓰라는 말이 아니다. 관점을 넓게 가지라는 뜻이다. 그래야 실험할 수 있다. 그래야 탐구 작업이 이루어진다.

에세이는 절대로 사적인 장르가 아니다. 에세이는, 우리 모두가 나눠서 짊어져야 할 시대의 요청이다. 한 편의 에세이를 쓴다는 것, 그것은 한 시대를 살아가는 삶의 방식이기도 하다.

에세이,
창조적인 글쓰기

'글쓰기' 하면, 사람들이 제일 먼저 떠올리는 말이 있다.

> '글은 사실만 적어야 한다. 글은 정확해야 하고 객관적이
> 어야 한다. 이게 글쓰기의 기본이다.'

어디서 많이 들어본 것 같지 않은가? 사실, 정확, 객관. 우리
는 학교에서 글쓰기를 이렇게 배웠다. 틀린 말은 아니다. 그러
나 이게 전부도 아니다. 앞서 말한 특성을 가진 글쓰기를, 우
리는 학술적 글쓰기Academic Writing라고 할 수 있다. 그렇다면
과연 모든 에세이는 학술적 글쓰기일까?

표현, 감정, 주관. 이 세 가지가 바로 학술적인 글쓰기와 대

비되는 창조적인 글쓰기의 특성이다.

표현하는 글쓰기

에세이는 자기 이해에 바탕을 둔 자기표현의 글쓰기에 가깝다. 다시 말해, 창조적인 글쓰기Creative Writing라 할 수 있다. 보통 소설이나 드라마를 전문적인 창작 글쓰기로 본다면, 에세이는 기본적인 창작 글쓰기인 셈이다.

창작 글쓰기는 사실적이기보다 생생해야 한다. 마치 지금 눈앞에서 펼쳐지는 것처럼 생생하게 표현하는 것이 중요하다. 그래서 창작 글쓰기는 감정적이다. 정확하지 않아도, 보는 이로 하여금 어떠한 정서적 느낌을 유발시킨다. 따라서 창작 글쓰기는 주관적인 글이다. 누가 보아도 똑같은 객관적인 글이 아니라, 작가의 주관을 드러내는 데 더욱 주력한다.

에세이는 창조적인 글쓰기의 세 가지 특성도 갖춰야 한다. '어제 바닷가에 놀러 갔는데, 너무 재밌어서 죽는 줄 알았어.'

그래서 죽었다는 말일까? 아니다. 그러면 누구나 바닷가에 가면 저렇게 재미있을까? 아니다. 그런데 왜 저렇게 말할까? 바로 나를 표현하기 위해서다.

칼럼과
에세이

칼럼과 에세이는 같은 장르일까, 다른 장르일까? 많은 사람들이 칼럼과 에세이는 거기서 거기라고 생각한다. 요즘 유행하는 말로 도찐개찐_{도긴개긴}인 줄 안다. 그렇지 않다. 칼럼과 에세이는 엄연히 다른 장르이다.

칼럼은 19세기 신문매체가 발달하면서 자리 잡은 언론 양식의 일종이다. 다른 말로 오피니언opinion, 또는 시론時論과 혼용할 때도 있다. 사전적으로 칼럼을 정의해 보면, '특정한 사안에 대해서 자격 있는 전문가가 분석과 해설을 하고, 대안을 제시하는 전문적인 산문'이라고 말할 수 있겠다. 다시 말해 칼럼니스트가 된다는 건, 어떤 사안에 대해 논의할 수 있을 만큼 전문가가 된다는 뜻이다.

예를 들면, 연애 칼럼은 심리학 교수라든지, 연애소설 작가라든지, 픽업 아티스트 같은 사람이 쓸 수 있다. 그러나 연애 에세이는 평범한 일반 사람들이나, 태어나서 단 한 번도 연애를 해 본 적 없는 사람도 쓸 수 있다. '나는 모태 솔로지만, 부족한 게 없다. 오히려 연애하는 친구들이 더 힘들어 보이더라. 나는 내가 모태 솔로인 게 좋다. 앞으로도 연애는 하지 않을 것이다.' 이건 연애 칼럼은 될 수 없지만, 연애 에세이는 될 수 있다. 왜? 에세이란, 누구나 형식에 구애받지 않고 자신의 경험과 생각을 자유롭게 풀어 쓰는 산문 글쓰기이기 때문이다.

종종 에세이를 칼럼과 혼동한 나머지, 자신은 해당 주제에 대해 전문가가 아니라서 쓰지 못하겠다는 분들을 만난다. 그러나 걱정 마시라! 하나도 모른다고 해도 에세이는 쓸 수 있다. 나는 이러이러한 사람인데, 이 주제에 대해서는 정말 하나도 모른다고 쓰면 된다. 물론, 그 모른다는 사실이 자신의 삶과 우리 사회에 어떠한 의미가 있는지는 풀어내야 할 테지만 말이다.

문제는
표현 방식이다

에세이를 쓰기 위해서 '죽어라 공부해야 한다.'고 생각했다면 착각이다. 논문이나 칼럼을 쓰기 위해서라면 모를까, 에세이를 쓰기 위해서 공부할 필요는 없다. 대신 조용히 마음을 가라앉히고 자신의 감정과 생각을 정리하는 자기 성찰의 시간은 필수적이다.

에세이를 쓰라고 하면 일단 골방에 틀어박혀서 혼자 끙끙대는 사람들이 있다. 그래서 가만히 놔두었다가 살며시 가서 보면, 에세이가 아니라 리포트를 쓰고 있다. 자기 이야기는 하나도 없고, 교수 누가 어쨌고, 유명한 학자 누가 뭐라 했는지 어려운 이야기만 가득하다.

에세이는 탐구자 입장에서 최대한 자신을 솔직하게 드러내는 데 목적이 있다. 똑같은 여행지라도, 저마다의 여행 에세이가 있을 수 있는 건 바로 이 때문이다. 작가마다, 작품마다 같은 소재라도 다른 모습을 보여 준다. 그렇다면 문제는 표현 방식이다.

표현에 있어서 우리는 최대한 창조적이어야 한다. 창조적이라는 건 기발하다는 의미가 아니다. 이전에는 없었는데 지금 생긴 것, 창조란 본래 무에서 유를 만들어내는 작업이다.

새로운 시도 없이 어떻게 창조적이 될 수 있을까? 어떠한 주제이든, 내 평생 처음으로 해 보는 시도가 있어야 한다. 그것이 생각이든 경험이든 상관없다. 남들이 뭐라 하든지 내 입장에서 새로운 시도라면, 그걸로 충분히 쓸 만한 이유가 된다.

할 수 있는 모든 방법을 동원해 보라. 할 수 있는 모든 상상을 시도해 보라. 정해진 규칙이나 지켜야 할 순서 따위는 잊어버리고, 최대한 자유롭게 탐구해 보라. 오감을 다 써 보고, 직관에 따라서 생각해 보라. 새로운 의미를 발견할 때까지 실험을 계속해 보아야 한다.

새로운 의미를 발견한다는 건, 이전에는 몰랐던 나의 새로운 모습을 발견한다는 뜻이다. '나는 보수적인 사람인 줄 알았는데, 내게도 이런 혁신적인 면이 있었구나.', '나는 내가 내성적인 사람인 줄 알았는데 이런 과감한 면도 있구나.' 이렇게 나 자신도 몰랐던 나의 모습을 점점 더 발견하는 작업, 여기에 바로 에세이의 매력이 있다.

에세이는
형식이 없다

에세이에 형식은 없다. 에세이의 정의 자체에 이미 그렇게 되어 있다. 만약 에세이를 배웠는데, 어떤 형식을 배웠다면 그건 에세이가 아니라 그냥 작문 형식을 배운 것이다. 건강한 에세이는 반드시 자기발견의 유익으로 이어진다.

에세이를 쓰자. 가장 먼저 새로워져야 할 건 다름 아닌 나 자신이므로.

에세이 실전연습 : 나의 이야기

1. 나는 누구인가?

1) 10살 때의 나

2) 지금의 나

3) 달라진 모습과 이유

4) 20년 뒤의 나는 어떤 모습일까?

2. 존재리스트

1) 기본 리스트

사람들은 누구나 여러 가지 모습이 복합적으로 모여서 존재합니다. 이를테면 작가 김무영은 남자 김무영이기도 하고, 남편 김무영이자 아빠 김무영이기도 합니다. 돈암동 지역주민일 때도 있고, 민방위 대원일 때도 있으며, 야구팬일 때도 있습니다. 이렇게 분명한 호칭이 있는 존재 외에도, 밀란 쿤데라와 기형도를 좋아하는 문학도이자, 버스와 지하철 중에서 버스를 더 선호하는 존재이기도 합니다. 맥주와 소주 중에 맥주를 더 즐기는 존재이자, 앞으로 평생 글을 써서 먹고 살고 싶어 하는 존재이기도 합니다. 이런 식으로 자신의 존재를 호칭이 있든 없든, 의미있는 것들 위주로 10개 이상 적어보세요. 반드시 10개 이상일 것

① _____

② _____

③ _____

④ _____

⑤ _____

⑥ _____

⑦ _____

⑧ _____

⑨ _____

⑩ _____

2) 기본 리스트를 작성했다면 안내에 따라 다음 질문에 대답하세요. 이미 적어

놓은 존재들 중에서 해당 항목에 가장 어울리는 존재 하나만 선택하세요.

① 나를 대표할 만한 존재

_____

② 가장 재미있는 존재

_____

③ 가장 외로운 존재

_____

④ 가장 이기적인 존재

_____

⑤ 가장 용감한 존재

_____

   * 존재 리스트는 새로운 존재를 발견할 때마다 계속 업데이트할 수 있습니다. 우리는 대부분 여러 가지 복합적인 모습을 하나로 뭉뚱그려서 표현하기 일쑤입니다. 그러나 글쓰기에서는 필요에 따라 하나의 모습을 표현하는 데에만 집중해야 합니다. '나'라는 존재를 어필할 때는 대표적인 존재를, 위로와 지지를 얻고 싶을 때는 외로운 존재를, 나의 입장을 어필할 때는 이기적인 존재를, 맞서서 싸워야 할 때는 용감한 존재를 표현해 보세요.

_____

_____

_____

_____

_____

_____

_____

Part 2

주제와
구성

조금만
앞서가라

스토리텔링이 만능인가 보다. 어디를 가도 다 스토리텔링이란
다. 감동적인 사연이 좋다나? 자동차 광고부터 휴대폰, 비타
민 광고까지 무조건 스토리텔링이 짱이다. 뭘 하나 하려 해도,
다짜고짜 스토리가 있느냐고 윽박지른다. 이거 원, 스토리 없
는 사람이 어디 있다고…….

　말하기도 새삼스럽지만, 스토리텔링은 현대의 발명품이 아
니다. 1995년 미국에서 열린 '디지털 스토리텔링 페스티벌'이
주목받으면서 디지털 기반 콘텐츠, 더 나아가 사회 전반을 아
우르는 문화콘텐츠의 경향을 가리키는 용어로 다시 이슈화되
었을 뿐이다.

　어쨌든 스토리텔링의 바람을 타고, 에세이도 다시 주목받

게 되었다. 본격적인 창작이 아니면서도 서사적이고, 사람들로 하여금 공감과 감동을 유발시키는 이야기 수단으로써 에세이를 활용하기 시작한 것이다.

한국적
에세이?

수필이라고 하면 전 국민이 故 피천득 선생님을 떠올리던 시절도 있었지만, 1990년대로 접어들면서 한국의 대중문화에도 에세이 바람이 불기 시작했다. 출발은 1989년 마광수 전 연세대 교수의《나는 야한 여자가 좋다》였다. 명문대학 교수의 도발적인 문장은 온 국민의 관심을 이끌어냈다. 우리 집에도 한 권 있었고, 어머니께서 친구분께 "너도 읽어 봐, 얘." 하고 전화통화를 하시던 기억이 아직 생생하다. 어머니, 저는 그래도 조금밖에 안 읽었어요.

뒤이어 1990년에는 베스트셀러 에세이가 대거 등장했다. 김우중 전 대우그룹 회장의《세계는 넓고 할 일은 많다》, 필립 체스터필드의《내 아들아, 너는 인생을 이렇게 살아라》, 칼릴 지브란의《보여줄 수 있는 사랑은 아주 작습니다》, 로버트 풀

058

검의《내가 정말 알아야 할 모든 것은 유치원에서 배웠다》등이 선풍적인 인기를 끌었다.

1991년에는, 이계진 아나운서의《뉴스를 말씀드리겠습니다, 딸꾹》, 92년에는 신세용의《나는 한국인이야》, 김영희의《아이를 잘 만드는 여자》, 93년에는 유홍준의《나의 문화유산답사기》, 홍정욱의《7막 7장》, 94년에는 전여옥의《일본은 없다》, 95년에는 이명박의《신화는 없다》, 홍세화의《나는 빠리의 택시운전사》, 96, 97년에는 베스트셀러 상위에 오른 뚜렷한 에세이가 보이지 않았고, 98년에는 법정 스님의《산에는 꽃이 피네》, 잭 캔필드의《영혼을 위한 닭고기 수프》, 99년에는 오토다케 히로타다의《오체불만족》이 베스트셀러 상위권을 차지했다.

2000년대에 들어서면서부터는 잠시 자기계발서와 소설에 밀리는 양상을 보이다가, 공지영의《네가 어떤 삶을 살든 나는 너를 응원할 것이다》, 미치 앨봄의《모리와 함께한 화요일》, 엘리자베스 퀴블러 로스/데이비드 케슬러의《인생 수업》등이 다시 인기를 얻었다.

2010년대에 접어들면서 주목할 만한 흐름은 이른바 '산문

집'의 등장이다. 기존의 에세이가 유명인이나 종교인이 주로 저자로 나선 작품들이었다면, 이제는 시인이나 소설가 등 문학 작가들을 중심으로 산문집 출간이 줄을 잇고 있다.

특별함
강박증

우리가 지금 흔히 에세이라고 말하면, 1990년대와 2000년대를 풍미했던 에세이로부터 받았던 영향을 무시할 수 없다. 무슨 말이냐, 에세이를 쓰려면 특별하거나 마광수, 김영희, 유홍준, 오토다케 히로타다, 성공하거나 김우중, 홍정욱, 이명박, 전여옥, 종교적인 성찰법정, 캔필드, 혜민을 보여 주어야 한다는 강박관념이 생기기 때문이다. 이도 저도 아니면, 문장을 잘 써야 한다든지.

그런데 나는 특별하지도, 성공하지도, 깊은 성찰을 주거나 문장을 잘 쓰지도 못하는데 어떻게 에세이를 쓰란 말이냐, 이게 문제가 된다.

안타까운 노릇이다. 이게 다 학교에서 에세이를 제대로 안 가르쳐서 그렇다고 말하고 싶지만, 사실 따져 보면 학교의 잘

못이 아니다. 결국은 나의 잘못이고, 우리의 잘못이다. 우리가 살아온 세월 동안 만들어 놓은 시대적 편견 탓이다.

미국 에세이
: 개인의 역량

한때 조기유학과 미국 유학 붐이 일면서, 에세이라는 장르도 덩달아 유명해졌다. 영어든 수학이든 한국 학생들이 못하는 게 없는데, 유독 고생하는 과목이 '에세이'였다. 에세이 실력을 갖추기 위해서는 토론수업을 해야 하느니, 논술을 많이 적어야 하느니, 봉사활동이나 다양한 경험을 쌓게 해야 한다고들 떠들썩해졌다.

아닌 게 아니라, 말이 나온 김에 어디 한번 미국 대학의 입시 에세이 주제를 살펴보자.

- 당신이 누구인지 알 수 있도록 에세이를 쓰시오.

  하버드/예일/컬럼비아대
- 자신에게 의미 있는 경험이나 성취, 감수했던 위험들, 윤리적인 딜레마에 대해 쓰라. 다트머스대

- 자신이 소중히 여기는 가치나 이상을 쓰고 이에 반해 행동해야 했던 상황에 대해 기술하라. 뉴욕대
- 남을 위해 봉사할 수 있는 시간을 1년 준다면 무엇을 하겠는가? 프린스턴대
- 300쪽짜리 자서전을 썼다고 가정하고 그 중 217쪽을 쓰라. 펜실베니아대
- 참신한 문제를 출제한 뒤 그에 대한 답을 쓰라. 시카고대
- 학생 세대의 가치를 대변하는 인물은 누구인가? 그 사람의 주장에 동의하는가, 동의한다면 왜 그런가? 노스웨스턴대

어떤가? 앞서 나열한 한국 에세이 베스트셀러 목록과 비교해 볼 때, 어떤 차이점을 발견할 수 있을까?

한국의 베스트셀러 에세이는 지나치게 유명인, 성공 위주의 경향을 보였다. 그러면서도 종교적 성찰, 특히 불교적 내용도 인기를 얻었다. 결국 성공한 사람들의 이야기에 귀를 기울이면서도, 또한 위로받기 원하는 상반된 욕구가 반영된 셈이다.

반면, 미국의 에세이는 오늘날 우리나라 대학 입학시험이나 채용시험에서 출제하는 문제와 비슷해 보인다. 개성과 능

인정할 수밖에 없다. 저들은 적어도 18세기부터 작업했으니까. 역사적인 여정과 환경이 우리보다 훨씬 더 유리했으니까 어쩔 수 없다. 하지만 지금도 그런 건 아니다.

　결론적으로, 에세이스트는 자신의 사회적 수준을 조금만 더 높여야 한다. 에세이스트는 먼저 고민하는 사람이다. 에세이의 주제는 무엇이든 좋다. 그러나 대중보다 뒤처지거나 사회적 수준과 보조를 맞추는 건 곤란하다.
　한 발 더 나아가는 사람, 오직 그가 진정한 에세이의 주제를 붙잡을 수 있다.

뮤즈를 만나는 에세이 발상법

뮤즈Muse는 안 온다. 믿어도 좋다. 나도 많이 기다려 봤는데, 그분은 절대로 안 오신다. 그렇다고 뮤즈가 없다는 뜻은 아니다. 뮤즈는 있다. 있긴 있는데 저절로 나를 찾아오는 게 아니라, 무조건 내가 가서 만나야 한다.

자, 가능한 편안한 자세로 여유롭게 앉아서 글 쓸 준비를 해보자. 메모지에 펜 하나도 좋고, 태블릿 PC도 좋고, 노트북도 좋다. 가급적 방해 받지 않는 공간에서 좋아하는 음악을 듣는 것을 추천한다. 이제부터 직접 뮤즈를 찾아가 볼 작정이니까.

똑똑똑,
뮤즈의
작업실입니다

이야기의 신神, 뮤즈가 당신과 마주 앉았습니다. 이제 당신은 그의 질문에 최대한 솔직하게 대답하셔야 합니다. 뮤즈는 당신을 돕기 원하고, 당신이 가능한 편안한 상태에서 즉각적으로 대답해 주기를 원합니다. 뮤즈는 설명이 아니라 표현을 원하므로, 가급적 뜸들이지 말고 떠오르는 대로 대답해 주시기 바랍니다.

1. 당신은 누구입니까? 어떤 이야기를 하고 싶은 사람인 가요? 직업, 나이, 성별은 절대로 밝히지 말되, 좋아하는 것, 이야기하고 싶은 이유, 당신의 이야기를 통해 일으키고 싶은 자신 혹은 세상의 변화된 모습을 묘사적으로 표현해 주세요.

2. 당신이 하고 싶은 이야기를 당신보다 먼저 했던 사람
   이 있었을까요? 그 이야기와 당신의 이야기는 어떤 차
   이가 있나요? 음악으로 비유한다면 당신의 이야기는
   어떤 장르, 혹은 누구의 음악을 닮았나요?

3. 당신은 이 이야기의 끝결말을 알고 있나요? 당신이 예
   상하는 결말은 어떤 장면일까요? 위에서 아래를 내려
   다보듯, 멀리서 전체를 조망하듯 결말을 묘사해 보세
   요.

4. 당신이 하고 싶은 이야기를 위해서 저, 뮤즈는 역사 속

에 실존했던 한 인물을 소환해 올 수 있답니다. 그는 무엇이든지 당신이 필요한 것을, 친절하고 생생하게 가르쳐 줄 거예요. 당신이 만나고 싶은 사람은 누구인가요? 당신이 만나고 싶은 인물을 상상해 보세요. 그리고 그와 대화해 보세요. 당신이 묻고 싶은 질문을, 최소한 3개 이상 던져 보세요.

5. 당신의 이야기를 가장 듣고 싶어 하는 사람은 지금 어디서 무엇을 하는 누구일까요? 그의 모습을 저, 뮤즈에게 보여 주세요. 생김새는 어떤지, 무슨 옷을 입었고 무슨 일을 하는지, 무엇을 좋아하는 사람인지 등등.

직관적인
아이디어
발상

위의 '뮤즈대화법'은 내가 모임에서 만들어 활용했던 발상법이다. 대단히 직관적이지만, 대단히 효과적이다. 일단 무엇이라도 쓰게 해 주기 때문이다. 뮤즈와 만나는 데 있어서 따박따박 조리 있게 말할 필요는 없다. 그냥 아무거나 툭툭 던져 보는 게 좋다. 끌리는 대로 가 보는 거다. 《아티스트 웨이》를 쓴 줄리아 카메론은 나보다 훨씬 더 직관적인 방법인 '모닝 페이지'와 '아티스트 데이트'를 주장한 바 있다. 모르는 분들을 위해서 《글쓰기 비행학교》에서 다뤘던 내용을 다시 인용해 본다.

> 나는 습작을 하면서 '모닝 페이지'를 썼다. 이것은 줄리아 카메론의 《아티스트 웨이》에 따른 것이다. '모닝 페이지'란 말 그대로 매일 아침 일어나자마자 당장 떠오르는 자신의 생각을 3페이지 정도로 물 흐르듯 적어 가는 것이다. 이것은 두서없는 글이며 일종의 두뇌 하수도라고 할 수도 있다. 줄리아 카메론은 8주 동안 계속해서 매일 아

침 모닝 페이지를 쓰라고 권한다. 중략 모닝 페이지의 내용은 그야말로 제각각이다. 그것은 밝은 내용일 수도 있지만, 어둡고 부정적인 내용일 수도 있다. 하지만 상관없다. 단, 멈추지 말고 계속 쓰라.

모닝 페이지를 통해 우리는 우리 내면에 자리 잡고 있는 검열관의 간섭으로부터 자유로워질 수 있다. 비몽사몽 아침에 일어나자마자 몽롱한 의식 가운데 쓰기 시작한다. 차마 쓰지 못했던 이상한 내용까지 잠꼬대하듯 적는 것이다. 중요한 것은 8주 동안 절대로 자신이 쓴 것을 다시 읽어 보면 안된다는 점이다. 그냥 일어나자마자 쓰라. 그리고 3쪽을 다 썼으면 그대로 덮어라. 검열관 따위가 뭐라고 떠들든지 간에 그냥 쓰라. 검열관의 말도 써 버려라. 매일 하루에 3쪽 분량만 쓰는 것이다. 그리고 저장한 뒤 파일을 닫아 버려라. 어제 쓴 것은 절대로 다시 읽지 말라. 그냥 오늘은 또 오늘 것을 쓰라.

모닝 페이지를 꾸준히 8주 동안 쓰면 어느 날 문득 내 머릿속을 묶고 있던 쇠사슬이 우두둑 끊어지는 소리가 난

다. 이런 일에 적대감이, 거부감이 드는 사람일수록 사실
은 모닝 페이지가 더 유익하다. 그만큼 자신의 내면과 무
의식을 있는 그대로 드러내는 일에 저항한다는 증거이기
때문에 그런 사람일수록 자신의 내면을 드러낼 때 더 강
력한 에너지를 얻게 된다.

나 역시 처음에는 긴가민가했다. 그러나 모닝 페이지를
통해서 나는 적어도 3가지의 즐거움을 만끽하게 되었다.

첫 번째, 일단 자리에 앉으면 최소한 3페이지는 쓰는 습
관.
두 번째, 전에는 상상도 못 했던 내용을 자유롭게 쓰기.
세 번째, 깊이 생각하는 연습.[1]

에세이는
써지는 게 아니라
쓰는 것이다

---

1   p. 219~222, 김무영,《글쓰기 비행학교》, 씽크스마트, 2014.

'모닝 페이지'든 '뮤즈대화법'이든 핵심적인 공통점은 그냥 써 보는 것에 있다. 에세이는 써지는 게 아니다. 절차와 순서에 따라 쓰는 것이다. 그런 의미에서 글쓰기와 요리는 아주 비슷하다.

> **글쓰기와 요리의 공통점**
> 1. 신선한 재료(최근 경험)일수록 좋다.
> 2. 적절한 비율을 맞춰야 한다.
> 3. 순서에 따라 가공한다.
> 4. 작가에 따라 같은 음식도 다른 맛이 난다.
> 5. 좋은 작품은 섭취하면 영양분을 얻는다.

아무리 요리를 잘하는 사람이라 해도, 아무렇게나 필feel 받는 대로 '요리해지는' 건 아니다. 요리는 저절로 되는 게 아니라, 스스로 하는 것이다. 오늘 기분이 좋다고 해서, 김치찌개를 만드는데 된장을 풀어 넣을 수는 없다. 기분에 따라 소금과 설탕 중 마음에 드는 것을 골라서 집어넣거나, 하루 종일 물만 끓일 수도 없다. 요리가 대단히 공학적인 것처럼, 글쓰기도 상당히 기계적인 작업을 요한다. 이 부분은 뒷장 '순서에 맞게 말하기'에서 자세히 다루기로 한다.

발상이란 글이 저절로 써지는 시동 걸기가 아니라, 글을 쓸 때 필요한 설계도를 그리는 작업이다. 그런데 사람들은 설계도 그릴 생각은 하지 않고, 마냥 앉아서 설계도를 기다리기만 하고 있다. 기다리지 마라. 기다린다고 오는 게 아니다.

익숙하고 오래된 것부터, 잘하고 자신 있는 것부터

에세이를 써 보라고 하면, 자신이 쓸 수 있는 이야기가 아니라, 자기가 쓰고 싶은 이야기를 덥석 붙잡고 쓴다. 쉽게 말해, 자신이 쓸 수 있는 내용보다, 자기가 쓰면 좋을 것 같은 내용에 더 매달린다는 뜻이다. 그러면 망한다. 쓰고 싶은 마음은 충분히 알지만, 제발 그러지 말자.

본인은 이런 삶을 살아오지 않았는데, 어떻게 에세이를 쓴단 말인가. 아는 척 해 봤자 소용없다. 에세이를 쓰면서 아는 체하면 독자 눈에 다 보인다.

쓰고자 하는 주제에 대해 내가 얼마나 준비되어 있는지 정직하게 살펴보아야 한다. 아는 건 무엇이고, 모르는 건 무엇인지, 내가 좋아하는 건 무엇이고, 싫어하는 건 무엇인지, 해당 주제와 연관된 경험이 있는지, 앞으로 살아가면서 해당 주제와 얼마나 가깝게 살아갈 것 같은지……. 글자 그대로 관찰해야 한다.

이때 공부를 더 한다든가, 새로 채워 넣겠다고 하면 조금 곤란하다. 에세이란 내가 이미 가진 것으로 쓰는 글이기 때문이다. 작업 시작했는데, 공부하러 가면 어떡하나? 어떻게든 이미 가지고 있는 것으로 해결해야 한다.

에세이에서는 아는 것만큼이나 모르는 것도 소중한 글감이다. 내가 무엇을 잘 아는지보다 내가 무엇을 모르는지가 더 중요하다. 이쯤 되면 생각나는 한 사람이 있다. 바로 소크라테스다. 소크라테스는 이렇게 말했다.

'나는 단 한 가지 사실만은 분명히 알고 있는데, 그것은 내가 모른다는 것이다.'

쓰고 싶은 것보다, 쓸 수 있는 것을 쓰자. 대신 내가 무엇을 쓸 수 있는지 찾아보자. 몰라도 쓸 수 있다. 무엇을 모르는지,

그래서 무엇을 알아야 하는지만 밝혀낼 수 있다면, 한 편의 좋은 에세이가 나올 것이다.

순서에 맞게 말하기

글쓰기는 3등신이다. 8등신이 아니라서 왠지 좋다. 모든 글이 그렇지만 에세이 역시 처음, 중간, 끝의 세 부분이 구성의 기본이 된다. 그렇다면 왜 모든 글들은 이렇게 세 부분으로 이루어져 있는 것일까?

글쓰기 고수는 구성에 강하다

애초에 모든 글은 한 문장이다. 장담하건대, 모든 글은 딱 한 문장으로 요약할 수 있다. 그렇다면 궁금하지 않은가? 뭐든지 한 문장으로 쓰면 될 걸, 왜 굳이 길게 쓰는 것일까?

효율과 효과 때문이다. 한 문장으로 쓰는 게 여러 문장으로 쓰는 것보다 확실히 편리하긴 하다. 하지만 메시지의 전달과 상호작용이라는 글쓰기의 목적으로 볼 때, 한 문장의 글은 별로 효율적이지도, 효과적이지도 않다.

글쓰기의 구성

	3단 구성 (기본적/논리적)	4단 구성 (반전/결말 강조)	5단 구성 (서사적/사건 중심/플롯)
처음 (독자)	서론	기	발단
			전개
중간 (작가)	본론	승	위기
		전	절정
끝 (독자와 작가)	결론	결	결말

국어 시간이나 문학 시간에 배운 적이 있을 것이다. 그런데 글의 구성이 무엇인지는 배웠어도, 왜 이렇게 나누었는지는 모르는 사람이 많다. 애초에 모든 글은 한 문장이라고 했다. 그러나 그 한 문장을 가장 효과적으로 전달하기 위해서 작가는 공들여 글을 구성한다.

쉽게 생각하면, '좋은 소식과 나쁜 소식이 있는데, 어느 쪽을 먼저 이야기할까?' 하는 문제와 같다. 지금 내게는 두 가지 소식이 있다. 하나는 좋은 소식이고, 하나는 나쁜 소식이다. 둘 다 꼭 전해야만 한다. 당신이라면 어떻게 하겠는가?

이것은 표현의 문제이기 이전에 순서의 문제다. 어떤 내용을 먼저 이야기하고, 무엇을 나중에 이야기할 것인지에 따라, 상대방의 반응은 크게 좌우된다. 글을 잘 쓰는 사람은 문장을 잘 쓰는 사람일 수도 있지만, 글을 아주 잘 쓰는 사람은 틀림없이 구성을 잘하는 사람이다. 문장을 아무리 잘 써 봤자 구성이 엉망이라면, 값비싼 진주를 아무렇게나 끼워 놓은, 매력 없는 목걸이가 되어 버린다.

한 문장만 전하는 것보다, 한 편의 글로 이야기하는 것이 훨씬 더 효과적이다. 그래서 사람들은 아주 오래 전부터 짜임새 있는 글을 쓰려고 노력해 왔다. 요컨대, 순서에 맞게 말하는 것이 잘 말하는 것보다 훨씬 낫다는 거다.

그럼, 어떻게 해야 짜임새 있는 글을 만들 수 있을까?

처음·중간·끝의 특성

중요한 건, 3단이든 4단이든 5단이든 언제나 글의 기본 구성은 크게 세 부분이라는 사실이다. 먼저 처음-중간-끝의 기본 특성들부터 이해하고 넘어가자.

처음

글의 처음은 무조건 독자를 위한 공간이다. 무슨 이야기든지, 글의 처음 부분은 독자의 입장에서 시작해야 한다. 모르는 사람이 대뜸 자기 이야기부터 꺼내는 것과, 모르는 사람이지만 자연스러운 계기나 어떤 필요 때문에 편안하게 이야기를 시작하는 것에는 엄청난 차이가 있다.

편지의 인사말이 대표적이다. e-mail을 쓸 때나 초대장을 쓸 때도 글의 처음 부분에 공을 들인다. 왜? 그래야 상대방이 좀 더 편안하게 마음을 열고 내 이야기에 귀를 기울일 테니까.

중간

글의 처음이 독자의 공간이라면, 글의 중간은 작가의 공간이다. 여기에서는 눈치 보지 말고 나의 이야기를 충분히 드러내야 한다. 독자와 충돌하거나, 독자가 생각지 못한 이야기, 혹은 독자가 곤란해할 이야기라도 가감 없이 드러내자. 누가 뭐래도 이때는 내 이야기가 가장 중요하다.

끝

그렇다면 끝은 뭘까? 너의 입장도 살펴보았고, 내 이야기도 충분히 늘어놓았다. 이제 남은 것은 서로 합의하는 일이다. 너와 내가 만나서 우리가 어떻게 해야 할지 이야기해야 한다. 그래서 글의 처음은 너독자, 글의 중간은 나작가, 글의 마지막은 우리독자와 작가로 기억하면 좋겠다.

가장 먼저
써야 하는
결말

서론을 결말이라고 잘못 쓴 게 아니다. 결말을 가장 먼저 써야 하는 게 맞다. 단, 손으로 쓰는 게 아니라 마음과 머리로 쓴다. 결말을 생각하지 않고 글을 쓰는 건, 마치 목적지가 없는 약도를 그리는 것과 같다.

너무나 많은 사람들이 글을 쓰다가 '중도'에 포기한다. 글을 시작하는 것도 어려울 수 있지만, 글쓰기에서 가장 많이 넘어지는 지점은 역시 결말이다. 그렇다면 결말에 가장 공을 들이는 게 맞지 않을까?

사실 이 문제는 글쓰기의 작동원리와도 연관이 있다. 보통 어떤 물건이든 사용자의 입장과 제작자의 입장은 다른 법이다. 예를 들면, 노트북을 사용하는 사람은 화면을 보고 키패드를 손으로 두드린다. 하지만 노트북을 만드는 사람 입장에서는, 화면이나 키패드보다 먼저 반도체나 메모리 등 내부 장치부터 만들기 시작한다. 다시 말해, 겉에서 안으로 들어가는 흐름이 사용자의 입장이라면, 안에서 겉으로 뻗어나가는 흐름은 제작자의 입장이다.

자, 에세이로 생각해 보자. 독자는 가장 먼저 제목과 서론을 읽는다. 이것이 글의 바깥 부분, 즉 겉이다. 독자는 서론에서 결론으로 글을 읽어 나간다. 그렇다면 결말은 글의 가장 안쪽이라고 말할 수 있다. 글의 제작자인 작가는 어떻게 해야 하겠는가? 맞다. 결론부터 써야 한다.

특히 에세이의 경우, 이 흐름을 지키는 것이 중요하다. 소설이나 시나리오 같은 서사적인 글쓰기는 결말을 미리 정해 놓더라도 글의 전개에 따라 결말이 뒤바뀌는 수가 많다. 그리고 그렇다 해도 글에는 별로 지장이 없다. 오히려 예정보다 시간은 더 걸리겠지만 생각지 못한 사건이나 흐름으로 더 좋은 결말을 만드는 등 글에 도움이 될 때도 많다.

하지만 에세이는 다르다. 처음부터 끝까지 일관성을 유지하는 게 좋다. 작가가 의도한 대로 내용과 형식을 만들고, 모든 문장이 작가의 의도대로 작동해서 결말까지 이어지는 것을 목표로 해야 한다.

기존 에세이, 특히 한국 에세이들이 감성적이고 편안한 정서를 추구하다 보니, 마치 작가가 에세이를 쓸 때도 그렇게 편안하게 썼을 거라고 착각하기 쉽다. 기억하자. 읽기 쉬운 글이라고, 쓰기 쉬운 글은 아니다.

글의 결말부는 뒤에서 조금 더 자세하게 다루기로 하고, 우선 글의 처음 부분, 서론을 쓰는 방법부터 구체적으로 살펴보자.

스토리와
플롯의 차이점

에세이는 3단, 4단, 5단 어느 쪽이든 잘 어울릴 수 있다. 그렇기 때문에 더더욱 신중하게 메시지의 내용과 특성에 따라 구성을 선택해야 한다. 단, 구성이 치밀해지면 위의 세 가지 구성의 응용도 가능하다. 구성에 따라 서론의 역할도 달라지기 마련이다.

예를 들어, 짧은 분량일 경우 3단 구성이 효과적이다. 삼단 논법과 같이 단순한 논리 전개에도 좋다. 이때 서론은 글의 시작 역할만 자연스럽게 잘 하면 된다. 하지만 무엇인가 반전 요소가 들어있는 내용을 쓰겠다면, 기승전결의 4단 구성이 효과적이다. 이때 글의 처음 부분은 효과적인 반전을 일으키기 위한 사전 준비 역할을 맡는다. 만약 어떤 내용을 처음부터 끝까지 서사적으로 흔히 말하는 하나의 스토리처럼 풀고 싶다면, 5단 구성을 선택하자. 단, 여기서 주의할 점은 적절한 플롯flot과 복선foreshadow이 필요하다는 것이다.

짧게 설명하면, '스토리'란 시간 경과에 따른 이야기의 서술 방식이다. 반면 '플롯'이란 인과 관계에 따른 이야기의 서술 방식이다. 그리고 '복선'이란 플롯이 작동하는 양상이라고 말할 수 있다. '왕비가 죽었다. 얼마 지나지 않아 왕도 죽었다.' 이것은 스토리다. 그러나 '왕비가 죽었다. 그러자 슬픔을 이기지 못한 왕도 죽어 버렸다.' 이것은 플롯이다. 플롯을 좀 더 그럴듯하게 만들어 본다면, '왕과 왕비는 서로 뜨겁게 사랑했다. 그런데 어느 날, 왕비가 죽었다. 그러자 슬픔을 이기지 못한 왕도 죽어 버렸다.' 이렇게 되면 앞부분은 이야기의 복선이 된다.

인터넷상에서 흔히 말하는 '떡밥'은 복선과 비슷하지만 복선은 아니다. 떡밥은 그냥 미끼 역할을 할 뿐이지만, 발단과 전개 부분에 깔아 놓은 복선은 반드시 위기와 절정 부분에서 회수되어야 한다. 에세이에 무슨 플롯이냐고 할지 모르지만, 잘 모르고 하시는 말씀이다. 잘 짜인 에세이는 어지간한 소설보다 더 드라마틱하다.

각각의 구성 방식은 다를 수 있어도, 글의 처음 부분이 맡고 있는 역할은 똑같다. 글의 전체적인 배경이나 내가 이야기를 하는 이유 등을, 독자의 관심을 이끌어 내도록 쓰는 것이 목표다. 이 목표를 달성하지 못한다면 어떤 서론을 쓰더라도 아무소용이 없다.

대표적인
서론 예시

대표적인 서론의 방식들을 간단한 예문으로 공부해 보자.

① 돌발사건_{독자의 시선집중}

예. 평소와 다름없이 바쁜 월요일 아침이었다. 그런데
…….

: 나의 발걸음을 멈추게 한 어떤 광경이 보였다든지,
예상치 못한 전화나 방문을 받았다든지, 평소와 다른
무엇인가 때문에 이 글을 쓰는 것임을 밝히는 서론 방
식.

② 배경 묘사_{이야기의 실마리, 계기를 자연스럽게 소개}

예. 그가 카페 안으로 들어서자, 순식간에 주변이 조용
해졌다. 180cm도 훌쩍 넘을 것 같은 큰 키에, 한 손에
는 영화에나 나올 법한 007가방을 들고 있었다.

: 저 남자가 진짜 180이 넘고, 정말로 등장하자마자 주
변이 조용해졌다는 뜻은 아니다. 단지 글을 쓰는 내가
그렇게 느꼈다는 게 중요하다. 에세이는 분위기와 감
정이 느껴지는 생생한 표현 위주이기 때문이다. 독자

가 꼭 알아야 할 것이 아니라면, 구체적인 정보나 지식 제공은 오히려 불필요한 방해요소가 되기 쉽다.

③ **문제 제기** 문제의식에 공감 유발

예. 남자와 여자는 절대로 친구가 될 수 없는 걸까, 뭐든지 자기가 좋아하는 일만 하고 살 순 없을까, 회사에서 집까지 순간이동하는 방법은 없을까, 왜 사람은 돈을 벌면 거만해질까? 등등.

: 글에서 다루는 내용을 문제나 질문의 형태로 던지는 서론 방식. 이때 질문은 너무 구체적인 것보다는 보편적인 형태로 표현하는 것이 좋다.

④ **간단한 결론 제시** 결말부와 호응구조

예. 인생이란 살아 봐야 아는가 보다.

: '인생이란 살아 봐야 안다.'는 글의 중심사상을 첫 문장으로 제시함으로써, 주제에 호응하는 독자의 관심만 선택적으로 일으킬 수 있다. 또한 결말부에서 다시 한번 호응해 주면 효과적인 서론 방식.

⑤ **개념 제시** 작중 화자의 개성 표현

예. 휴일은 쉬라고 있는 날 아닌가? 하지만 우리 부부에게 휴일이란 평일보다 더 부지런히 움직여야 하는 날이다.

: 에세이는 보편적인 논리나 상식과는 다른, 작가만의 개성적인 생각이나 상황을 다뤄야 할 때가 많다. 따라서 서론 부분에서부터 작품의 주된 개념이나 논리를 보여 주는 것이 효과적이다.

일반적으로 많이 쓰이는 글의 처음 부분들이다. 어디까지나 예시일 뿐이다. 중요한 건, 글의 처음 부분은 처음 부분답게 작동해야 한다는 점이다. 이야기의 자연스러운 시작, 계기라는 것, 무엇보다 독자의 입장에서 관심을 불러일으켜야 한다는 게 필수적이다. 어떤 문장을 써도 좋다. 그런데 일단 썼으면 제대로 작동해야 한다.

이제 글의 본론과 결론으로 넘어가보자.

설득보다 공감을, 대답보다 질문을

본론과 결론은 뭐가 다를까? 예전에 논술시험이 막 부각되기 시작할 때, 이런 구성이 유행했다. 먼저 서론은 앞으로 이야기할 본론의 개요로 간략하게 쓴다. 그런 다음 본론은 서론의 자세한 풀이로 상세하게 쓴다. 그리고 결론은 다시 본론의 축약 강조로 짧게 덧붙인다. 한마디로 바보 같다. 뫼비우스의 띠 같은 이런 순환 구성은 일찌감치 갖다 버리는 게 좋다. 부연하자면, 이 같은 논술의 구성방식은 아마도 학술 논문의 영향을 받은 탓이 아닌가 한다. 나는 학술 논문의 형식을 하나의 형식으로는 존중하지만, 창작 글쓰기에서도 효과적인 구성이라고는 결코 동의해 줄 수 없다. 갖다 버리란 말은 창작 글쓰기를 공부하는 이들에게 한 말이니 오해 없으시길.

본론과 결론
구분하기

앞서 살펴본 대로, 본론은 작가의 공간이고 결론은 독자와 작가의 공동 공간이다. 만약 작가 혼자 읽기 위해 쓴 글이라면, 굳이 결론은 쓰지 않아도 상관없겠다.

다시 한 번 강조하지만, 글쓰기의 핵심 요소 중 하나는 독자다. 글쓰기는 작가가 독자에게 메시지를 실어 보내는 표현수단이다. 물론 메시지가 얼마나 강하고 약한지는 글마다 다를 수 있다. 하지만 일단 독자에게 읽혀진 글 중에서, 메시지가 없는 글이란 없다. 존재 자체가 불가능하다. 모든 글은 작가를 드러내거나 내용을 드러낸다. 그러니까 작가가 메시지가 되거나, 내용이 메시지가 된다는 말이다.

아래의 예문을 보자.

제목 : 고맙다 친구야

서론〉
친구야, 배고프지 않냐? 난 다른 건 다 참아도 배고픈 건 못 참겠더라.

본론1〉
점심 메뉴는 분식이 제일 좋더라. 요즘 분식도 새로운 메뉴가 많아.
얼마 전 시내에서 새로 생긴 분식 레스토랑을 하나 발견했어. 처음에는
겉만 번지르르한 줄 알았는데 그게 아니야. 맛이 기가 막혀. 너도 라볶
이 좋아하지? 그 집 라볶이 맛이 완전 환상적이었어!

본론2〉
그런데 자리도 좋고 시내에 있어서 그런지 가격이 좀 비싸더라. 내가
돈만 더 있으면 너한테 바로 사 주고 싶은데……. 아, 슬프다. 내가 지
금 돈이 없다.

결론〉
오늘 같은 날, 너랑 나랑 오랜만에 이렇게 만나는데, 새로 생긴 분식 레
스토랑에 같이 가면 정말 좋으련만…….

글의 처음-중간-끝을 구분할 수 있는, 쉽고 재미있는 예문
되시겠다. 글의 제목을 보자. '고맙다 친구야' 이게 제목이다.
제목은 독자가 마주치는 글의 첫인상이다. 독자는 여기서 글
의 분위기, 목적, 내용 등을 어렴풋이 짐작할 수 있어야 한다.
'고맙다 친구야' 제목을 처음 본 친구는 모르긴 몰라도 일단
마음이 훈훈해질 것이다. 그렇게 훈훈한 마음을 안고서 첫 문
장부터 읽어가기 시작한다.

서론이다. "배고프지 않냐?" 하고 묻는다. "나, 배고파." 하고 하소연하는 것이 아니다. 물론 본인도 고프겠지만 먼저 친구독자의 입장에서 친구에게 관심과 공감을 이끌어낸다.

그 다음 첫 번째 본론이다. 친구의 관심을 이끌어냈으니, 이제 내가 하고 싶은 이야기를 해야 한다. 뭐부터? 당연히 점심 메뉴는 분식이 좋고, 마침 새로 생긴 분식 레스토랑을 알고 있다고 말해 주자. 그러면서 슬쩍 친구도 관심 있어 하는 라볶이를 언급해 준다. 왜? 중간에 몰입이 떨어지는 것을 방지하기 위해서다. 이건 독자의 입장을 배려하는 게 아니다. 내가 이야기하는데, 독자가 중간에 책을 덮으면 곤란하기 때문이다.

그 다음, 더 중요한 본론을 이야기해 준다. 여기까지 읽었다면 친구는 이미 군침을 흘리고 있을 것이다. 라볶이를 먹고 싶다는 욕망도 자극된 상태다. 이때, 하이라이트를 때리자. "그런데, 나 돈이 없어." 친구는 뜻밖의 내용전개에 난감해질 게 뻔하다. 하지만 괜찮다. 아직 결말이 남아있으니까.

만약 결말부에서 직접적으로 "그러니까 니가 점심 사줘." 이렇게 주장해 버리면 곤란하다. 어디까지나 결말의 내용은 독자의 마음에서 자발적인 반응을 일으키는 데 목적이 있다. 강요는 안 된다. 반드시 자발적이어야 한다. 강요나 협박을 할 것 같았으면 굳이 이렇게 쓸 필요조차 없었다. 처음부터 사달라고 하면 된다. 하지만 이 글의 목적은 자연스럽게 친구가 자발적으로 점심값을 내게 하는 데 있었다. 곧 메시지란 뜻이다. 메시지란 독자에게 유발시키고자 하는 작가의 의도다.

다시 본론을 보자. 본론1의 핵심은 '새로 생긴 분식 레스토랑이 좋더라.'이고 본론2의 핵심은 '내가 돈이 없다.'이다. 이것은 '니가 점심 사줘.'라는 목적의 입장에서, 다만 나의 입장을 나타낼 따름이다. 전체가 아니라 일부분이라는 뜻이다. 점심을 사는 건 오로지 니 마음이고, 살지 말지를 결정해야 하는 것 또한 니 입장이라서 그렇다.

바로 이 지점에서, 결론은 독자의 자발적인 반응을 유발시키는 역할을 한다. '나는 진짜 오랜만에 너 만나서 맛있게 라볶이가 먹고 싶은데, 참 아쉽다.' 그리고 말줄임표로 끝낸다. '너도 그렇지 않니?'의 줄임이다. 여운이 남을 것이다. 그러면 됐다. 할 수 있는 모든 장치를 다 작동시킨 셈이다. 남은 것은 독자의 반응을 기다리는 일뿐이다.

"그럼, 내가 살게. 가자."

만약 친구가 이렇게 반응해 준다면 글은 대성공이다. 하지만 굳이 이렇게 반응하지 않아도 실패는 아니다. 어째서일까? 나는 한 번도 사달라고 한 적이 없었기 때문이다. 그냥 아쉽다는 이야기를 한 건데, 뭐.

본론이 전체 메시지 아래에서 내 입장을 드러냈다면, 결말은 전체 메시지를 완성하는 우리의 입장이다. 그런데 아쉽게도 제약 조건이 있다. 독자는 읽을 수만 있을 뿐, 결말을 독자와 동시에 쓸 수는 없다는 점이다. 그래서 작가는 오직 자발적인 독자의 반응만 이끌어낼 수 있다. 글을 읽으면서 독자가 자발적으로 나와 '합의'하도록 만들어야 한다.

좋은 글이란
의도한 대로 작동하는
글이다

좋은 글이란 작가가 의도한 대로 독자가 반응하는 글이다. 구체적이고 세세한 행동까지 유발하기는 어렵지만, 소감이나 느낌, 생각이나 의견을 유발시킬 순 있다.

초보자들이 가장 많이 저지르는 실수는 이렇다. 자발적인 반응을 유발시키려 하기보다, 내 주장을 앞세우거나 내 이야기만 늘어놓고 공감과 동의를 강요하는 식이다. 이런 실수는 본론과 결론을 제대로 구분하지 못해서, 글의 구성을 적절하게 활용하지 못한 탓이다.

이번 장을 시작하면서 예로 들었던 논술 구성이 잘못되었다고 한 이유도 마찬가지다. 서론도 본론이고, 결론도 본론인데, 독자가 어디서 어떻게 반응할 수 있단 말인가?

에세이를 쓸 때 가장 주의해야 할 지점도 역시 결론이다. 에세이는 자기표현의 수단이다 보니, 어쩔 수 없이 본론에 가장 큰 비중이 있다. 그러다 보면, 독자는 영 공감하기 어려운, 자기만의 독백 같은 내용들로 채워지기 십상이다. 그러면 독자는 그저 구경꾼이 되어 버릴 뿐이다. 주체적으로 글에 참여할 수 없다. 그럴 거면 혼자 쓰고 혼자 읽지, 글은 왜 보여 주나?

에세이의 결론을, 내가 아닌 우리의 관점에서 찾아보자. 어떤 특정한 경험이나 계기로 인해, '나'라는 한 사람을 표현했다면, 독자는 당신의 표현을 통해서 어떤 유익을 얻을 수 있을까?

단순한 재미? 새로운 자극? 생각의 변화? 관점의 전환? 자아의 재발견? 새로운 문제의식? 독자로 하여금 자기 것을 가져가게 해 줘야 한다. 그리고 그것은 순전히 독자의 자발적인 반응이어야 한다. 독자가 자발적으로 반응할 수 있도록, 작가는 최선을 다해서 독자를 도와주어야 한다. 여운을 남기든지, 강렬한 느낌을 남기든지, 감정을 자극하든지, 어떻게든 스스로 자문하게 만들어야 한다.

이렇게 작가와 독자가 만나서 자유롭게 소통하는 계기가 되는 것, 이것이 에세이의 결말이다.

에세이 실전연습 : 나의 관심사

* 나의 관심사와 성향, 독자와 메시지를 발견할 수 있도록 돕는 연습입니다. 가급적 아무 방해도 받지 않는 편안한 공간에서 솔직하게 충분히 작성해 보세요.

이민 신청서

불가피한 사유로, 당신은 무조건 이 나라를 떠나야 합니다. 다행히, UN에서는 우리를 위해 특별한 이민 프로그램을 개설해 주었습니다. 당신은 한 국가의 한 도시를 자유롭게 선택할 수 있습니다. 당신의 모든 필요는 일체의 타협이나 모자람 없이 제공될 것입니다. 당신은 어떠한 제약 없이 새로운 삶을 살게 될 것입니다. 다음의 신청사항들을 작성해 주세요.

1. 새로운 곳에서 당신이 갖고 싶은 직업은 무엇입니까?

 (원하는 순서대로 3가지 이상 필수)

2. 새로운 곳에서 당신이 살고 싶은 집은 어떻게 생겼으며, 구조는 어떠해야 합니까?

(그림으로 그려도 좋습니다. 단, 되도록 자세히)

3. 새로운 곳에서 당신이 새로 만나고 싶은 사람은 누구입니까?

(원하는 순서대로 5명 이상 필수, 지인 제외, UN에서 찾아줄 수 있도록 특징과 외모 등

을 자세히)

4. 새로운 곳에서 당신이 잘 정착하기 위해 꼭 필요한 물건은 무엇입니까?

(원하는 순서대로 10가지 이상 필수)

5. 만약 시대를 바꾸고 싶다면, UN에서 비밀리에 개발한 타임머신으로 당신을
   보내드릴 수도 있습니다. 당신은 어느 시대를 살고 싶으십니까?

   (이용하지 않아도 됨. 과거만 선택가능)

* 위의 모든 내용을 종합해서, 당신이 원하는 나라와 도시 이름을 적으세요.
  (꼭 국가와 도시 이름, 둘 다 적으셔야 합니다. 더 구체적이어도 좋습니다.)

Part 3

문장과
표현

나만의
단어사전

글쓰기는 꽤나 평면적인 작업처럼 느껴진다. 아무리 생생한 경험이나 충격적인 이야기도 일단, 단어와 문장을 사용해서 표현할 수밖에 없다. 나날이 발전하는 영상매체나 음향기기에 비해, 글쓰기는 수천 년도 더 된 고리타분한 방식을 사용할 따름이다.

글쓰기 구현방식
: 형상화

다행히도 인간은 상상력을 가지고 있다. 상상력 덕분에 글쓰기는 망하지도, 사라지지도 않았다. 글은 어떤 매체와 비교해 봐도 가장 기본적이고 효율적이다. 글은 비용 대비 효과가 좋고, 어떤 독자에게 가장 내밀하게 파고든다. 단순히 오감을 자극하는 방식이 아니라, 독자로 하여금 글자를 읽는 내내 자신의 내면에서 스스로 형상화시키는 구동방식을 취하기 때문이다. 이게 무섭다. 알고 보면 무서운 글쓰기?

잘만 활용하면, 작가는 독자의 가장 은밀한 곳까지, 심지어 독자 본인도 몰랐던 내밀한 부분까지 침투할 수 있다. 그것도 독자의 목소리를 이용해서, 독자의 자발적인 안내를 받아가면서.

이런 글쓰기의 특징 덕분에 예나 지금이나 작가들은 권력에 많이 휘둘렸다. 사실, 고대에 글을 쓰는 행위는 국가의 관리와 통제를 받아야만 가능한 일이었다. 함부로 글을 썼다가 목숨을 잃은 사람이 수도 없이 많으며, 이른바 필화筆禍에 휘말리는 일은 지금도 비일비재하다.

어쨌든 이게 다 글쓰기가 가지고 있는 형상화의 힘 때문이다.

국어사전에 보니, '형상화形象化란 현상現像에서 취한 소재가 형상적形象的 사유에 의하여 새로운 창조적 세계에 다다르는 것'을 말한다. 형상적 사유라는 용어는 벨린스키가 '철학자는 삼단논법으로 얘기하고, 시인은 형상이나 그림으로 얘기한다.'[1]고 설명한 것이다. 좀 어렵다.

쉽게 말하면 이런 식이다. 작가는 의도하고 독자는 체험한다. 이게 형상화다. 한 편의 에세이를 쓸 때, 작가는 눈에 보이지 않는 자신의 경험, 생각, 느낌 등을 표현하게 된다. 이 때 이때 조심해야 할 점은, 최대한 독자가 체험할 수 있도록 표현하는 것이다. 단, 조건이 있다. 설명이 아니다. 표현이다.

설명하지 말고
표현해 주세요

짧은 견문에 비춰 봐도, 우리 한국인들은 표현에 약한 것 같다. 대신, 설명은 잘한다. "자기야, 나 사랑해?" 하고 물어 보면, "사랑하니까 결혼했지."라고 대답한다. 누가 왜 결혼했냐고 물어봤나, 얼마나 사랑하는지 표현해 달라는 거지. 어린 꼬마 때부터 설명에 익숙하다. "기분 좋아?" 하고 물어 보면 "아

---

1   이응백, 김원경, 김선풍, 《국어국문학자료사전》, 한국사전연구사, 1998.

빠가 장난감 사줘서 좋아."라고 대답하는 식이다. 제발 부탁이다. 설명하지 말고 표현하자.

설명은 말 그대로 자신의 생각이나 지식 등을 남에게 '객관적으로' 알려 주는 방식이다. 그래, 나도 안다. 살면서 설명하고 설명 들어야 할 때가 참 많다.

그런데 표현이란 특별한 사례의 특징적 측면을 보여 주는 것[2]이다. 그래서 표현은 고유한 것이라고 말한다. 맞다. 내 표현의 근거는 다름 아닌 내 개성에 있다.

아내가 나에게 "자기야, 나 사랑해?" 하고 물어본다면 "응, 글쓰기를 포기할까 고민할 만큼 사랑해."라고 대답할 것이다. 이게 나한테는 죽도록 사랑한다는 표현이다. 누군가 나에게 "기분 좋아?" 하고 물어본다면, "응, 베스트셀러 종합 1위한 것처럼 기분 좋아."라고 대답할 것이다. 해 봤어야 더 잘 알 텐데 말이다.

표현의 핵심은 개성이다. 그래서 에세이의 구현 방식은 설명이 아닌, 표현이 되어야 맞다.

---

2   p.373, 김혜숙, 김혜련 공저,《예술과 사상》, 이화여자대학교 출판부, 2007.

하루에
다섯 단어씩
365일이면?

문제는 단어와 문장으로 표현해야 한다는 사실이다. 그냥 표현하기도 쉽지 않은데, 단어와 문장만 가지고 표현하려니 조금 더 골치 아파 보일지도 모른다. 하지만 생각하기 나름이다. 사실 그냥 표현하는 것보다 글로 표현하는 게 더 쉽다.

진짜 문제는 오히려 다른 데 있다. 앞서 말했듯이 표현이란 고유한 것이다. 그런데 우리가 사용하는 단어와 문장은 나만 사용하는 사적인 소유가 아니라 누구나 함께 사용하는 일종의 공공재와 같다. 까딱 잘못하면, 문맥이나 상황에 따라 전혀 다른 의미로 해석될 위험성이 존재한다.

'잘한다!'와 '잘~한다.'는 전혀 다른 의미인데, 잘못해서 '잘한다'라고만 써 버리면 그야말로 자알 하는 짓이 된다. 또 사람마다, 지역마다 같은 의미의 다른 단어들이 존재한다. 남성들이 자주 사용하는 단어와 여성들이 자주 사용하는 단어를 살펴 봐도, 같은 단어지만 다른 의미일 때가 많다. 그만큼 단어는 사회적인 상황과 시대적인 맥락 속에서 수시로 변화하고 감염(?)되기 쉽다. 문제는 이게 우리의 재료란 거다.

《농담》,《참을 수 없는 존재의 가벼움》의 작가, 밀란 쿤데라는 일찍이 《소설의 기술》이라는 책에서 자신의 단어사전을 정리해 놓은 적이 있다. 그리고 나는 이것을 응용해서 〈나만의 단어사전〉을 만들었다.

자, 일단 눈을 감고 단어 다섯 개만 떠올려 보자. 눈에 보이는 대로 적지 말고, 떠올린 순서대로 아무 데나 적어 본다. 옥수수, 감자, 펄 벅, 미국, 비행기. 이 단어들은 지금 내가 글을 쓰면서 즉석에서 잠시 떠올린 단어들이다. 왜 이 단어들인지 이유는 나도 모른다. 여러분도 그냥 단어를 다섯 개만 떠올리면 그 뿐이다.

이 단어들은 아직 사회에서 보편적으로 사용하고 있는 공공재公共財이다. 국어사전을 뒤져 보면, 단어의 뜻이 별로 친절하지는 않게 설명되어 있다. 그러나 글을 쓸 때는 가급적 중요한 단어들을 위주로, 내 단어로 전환시켜야 한다. 즉 공공재에서 사적 소유물로 바꿔온다는 뜻이다.

어떻게 바꿔오느냐? 한 단어의 본래 의미 대신, 해당 단어와 연관 있는 나만의 경험이나 생각, 느낌으로 다시 단어를 정의 내리면 된다. 아무렇게나 해도 좋지만, 이왕이면 최초, 최고, 변화의 순간들에 집중해서 정의해 보자. 가령, 옥수수라는 단어의 경우 본래 국어사전에는 다음과 같이 나온다. '벼과에 속하는 한해살이식물이다. 남아메리카가 원산지이다. 높이는 2m…….' 네, 됐구요. 내가 옥수수를 처음 먹었던 때는 언제였을까? 정확히 기억나진 않지만, 옥수수에 대한 나의 가장 오래된 기억은 이랬다. '한 톨, 한 톨 갉아먹는 것보다, 쪽쪽 단물을 빨아먹는 게 더 맛있는 음식' 그러면 이 이야기를 좀 더 다듬으면, 나에게 옥수수란 다음과 같이 정의 내려 볼 수도 있다.

옥수수 : 하나도 남김없이 탈탈 털어먹는 행위의 상징.
대표적 경험 : 야간 자율학습 시간이었다. 마치 옥수수를 빨아먹듯, 친구 A는 내 도시락을 빼앗아 남김없이 먹어 치웠다.

예문이 썩 긍정적이지 못해 죄송하다. 하지만 정말로 즉석에서 떠올린 단어다 보니, 좀 아픈 경험이 반영되었다. 독자 여러분도 그럴 수 있다. 〈나만의 단어사전〉을 만들다 보면, 긍정적인 경험뿐만이 아니라 부정적인 경험까지도 단어사전의 재료가 된다. 당연하다. 인생은 원래 좋은 일과 나쁜 일이 뒤섞여 있기 마련이고, 아무리 들여다보아도 좋은 일보다는 나쁜 일이 더 많아 보이기 마련이니까 말이다. 내가 단어사전을 만들면서 처음으로 정의 내렸던 단어는 '안경'이었다.

> 안경 : 중1 때, 내 얼굴이 남들보다 크다는 것을 일깨워 준 도구.

하루에 다섯 단어씩 딱 한 달만 모아도 150개다. 1년을 꼬박 모은다고 하면, 정확히 1,825개의 내 단어가 생긴다. 1,800여 개 자기 단어를 가진 사람은 작가일까, 아닐까?

나만의
표현찾기

효과적인 표현을 연습하기 위해서 추천하는 방법이 또 하나 있다. 바로 어떤 표현 하나를 고르고, 그것을 대체할 다른 단어를 찾는 것이다. 예를 들어, 오늘부터 '사랑해'라는 표현을

법으로 금지했다고 하자. 이제 누구도 '사랑해'라고 표현할 수 없다. 그렇다면 당신은 '사랑해'를 어떻게 표현할 것인가? 이렇게 찾은 표현이 나만의 개성적인 표현이다.

단어는 공공의 소유물이다. 작가는 공적인 단어를 가져와 사적인 표현으로 뒤바꾸는 단어의 연금술사가 되어야 한다. 글을 쓰는 사람이라면, 무슨 표현이든지 나의 개성과 의도를 잘 실현할 수 있는 단어로 자기화해야 옳다. 더구나 자신의 생각과 느낌, 경험을 형식에 구애받지 않고 자유롭게 풀어쓰는 산문 글쓰기인 에세이는 오죽할까?

문장을 쓰기 전에 먼저 핵심 단어를 찾자. 그리고 나만의 표현으로 바꿔보자. 설명이 아니다. 표현이다. 사실, 정확, 객관이 아니라 생생한, 감정이 드러나는 주관적인 글이다.

오감으로
표현하기

표현을 잘하려면 오감五感을 활용할 줄 알아야 한다. 오감이란 시각, 청각, 후각, 미각, 촉각의 다섯 가지 신체감각을 뜻한다. 에세이를 써 보라고 하면 다들 우주로 날아가 버린다. 안드로메다가 어디인지는 모르겠는데, 다들 거기에 갔다고들 한다. 자신의 생각과 느낌을 이야기하라고 했더니 자신도 자기가 무슨 얘기를 하는지 모르겠다고 한다.

원래 글쓰기는 풍선을 닮았다. 가만히 내버려 두면, 무조건 하늘로 날아가 버린다. 그래서 글을 쓸 때는 최대한 구체적인 게 좋다. 그리고 표현은 최대한 실제적인 게 좋다.

작가는 의도하고 독자는 체험한다고 했다. 내 이야기를 최대한 생생하게 체험하게 해 주려면 오감을 다 동원해야 한다. 문제는 무조건 많이 사용한다고 좋은 게 아니라는 점이다. 감각적 특성과 글쓰기의 특성이 잘 맞아떨어지도록 적절히 활용해야 한다. 내 의도를 가장 잘 표현하려면 어떠한 감각적 표현을 사용해야 할까, 고민해야 한다.

한 가지 감각만 사용하는 것도 문제다. TV를 볼 때 소리를 끄고 본다고 가정해 보자. 아마 대부분의 프로그램이 이해 안 되거나 재미없을 것이다.

보여 주고 싶은 것만 보여 주어라
: 시각적 표현

현대는 시각적 표현이 넘쳐나는 시각 과잉의 시대다. 영상 매체와 미디어의 발달로, 우리의 눈은 더 혹사당하고 있다. 그런데 정작 글은 제대로 보여 주지 못하는 경우가 많다. 시각은 다른 감각기관들보다 정보 전달 범위가 넓고, 속도도 빠르다.

그런데 알다시피 글은, 눈으로 보는 것처럼 한번에 보여 주지 못한다. 글자를 통해서 순차적으로 보여 주는 수밖에 없다. 즉 '시선'이 필요하다.

멀리서부터 가까운 곳으로, 가까운 곳에서 먼 곳으로, 위에서 아래로, 아래에서 위로, 좌에서 우로, 우에서 좌로, 안에서 밖으로, 밖에서 안으로. 일관적인 시선의 흐름에 따라 묘사해야 한다.

시선을 확보하기 위해서는 카메라 역할을 해 줄 대상도 필요하다. 똑같은 풍경이라도 나의 입장에서 바라보는 것과 어떤 특정 장소에서 조망하는 것은 달리 보인다. 제3자인 독자 입장에서는 지금 시선이 어디에 있는 누구의 입장에서 바라보는 것인지도 알아야 한다.

집의 여주인이 아래로 천천히 가라앉는 동안 집 안을 살펴보자. 주당 8달러의 집세를 내는 가구 딸린 아파트, 딱히 형언 불가능한 상태라고 할 수는 없어도, 그런 말을 듣지 않도록 조심해야 하는 수준인 것은 분명했다.
1층의 공동 현관에는 편지가 오지 않는 편지함이 있고, 산 자의 손으로는 울릴 수 없는 전기초인종이 있었다. 그리고 그 위에 '제임스 딜링햄 영'이라는 이름의 카드가 붙어 있었다. 그 '딜링햄'이라는 글자는 주급 30달러를 받던 풍요의 시절에는 바람에 나부꼈지만, 수입이 20달러로 줄어든 지금은 윤곽이 흐릿해져서 마치 겸손하게 D만 남기고 사라져 버릴까 진지하게 고민하는 것 같았다.[3]

우리에게 〈크리스마스 선물〉이라는 제목으로도 잘 알려진 오 헨리의 단편소설, 〈동방박사의 선물〉 중 도입부이다. 멀리서 가까이, 전체적인 것에서 특정한 물품으로 시선이 움직이고 있다. 중요한 건 묘사하는 작가의 의도다. 작가는 의도적으로 젊은 부부의 가난함을 부각시키기 위해 묘사를 활용하고 있다. 낡은 아파트, 편지함, 초인종, 이름 카드. 바라보는 사람의 입장에 따라서는 얼마든지 다르게 보일 수도 있지만, 작가는 철저하게 '가난'을 부각시키는 방향으로 묘사하고 있다.

그냥 내 눈에 보였다고 해서 보이는 대로 쓰는 것은 묘사가 아니다. 글의 의도와 방향에 부합하는 묘사여야 한다. 이것은 다른 감각적 표현도 마찬가지다. 이렇게 의도와 목적에 따라

---

3   오 헨리,《오 헨리》중 〈동방박사의 선물〉, 고정아 옮김, 현대문학, 2014.

어울리는 감각을 찾아서 활용해야 한다.

생생한 현장감을
주고 싶다면
: 청각적 표현

소리 지도를 만들어 본 적 있는가? 출발점에서부터 도착점까지 오직 소리를 이정표 삼아서 지도를 만드는 것이다. 집에서 학교까지, 회사에서 집까지, 어떤 소리를 듣고 가면 잘 찾아갈 수 있을까? 거꾸로 어딘가에서 출발해 목적지까지 가는 동안 아무 것도 들을 수 없다고 상상해 보자. 짧은 거리라면 직접 실험해 보는 것도 좋다. 평소에 의식하지 않을 뿐, 소리는 우리에게 엄청나게 많은 정보와 정서를 제공한다.

옷을 입고 벗을 때 나는 소리, 발바닥이 바닥에 붙었다가 떨어지는 소리, 누군가의 대화 소리, 창밖에서 들리는 소리, 초인종 소리, 전화벨 소리, 우리는 하루 종일 어떤 소리를 들으며 살아가는 것이다.

이제 의도를 가지고 소리를 분류하고 찾아보자. 가령 기쁨을 표현하기 위한 글을 쓴다고 할 때, 먼저 그 사건에 관계된 모든 소리들을 나열해 본다. 예를 들어 생일의 기쁨이라고 해 보자.

아침 기상 알람, 생일 축하 메시지 알림음, 세면대 물 트는 소리, "생일 축하해!" 하고 말해 주는 가족들의 목소리, 미역국 끓는 소리, 밥 차리는 소리, 옷 입고 벗는 소리, 신발끈 묶는 소리, 버스 도착하는 소리, 시동소리, 거리의 소음과 웅성거림, 반갑게 인사하는 소리, 생일 선물 포장지 뜯는 소리, 웃음소리, 감탄소리······. 이런 소리들을 기쁨이라는 의도를 가지고 표현한다면?

> 떠들썩한 알람음의 축하를 받으면서 반갑게 눈을 뜬 아침, 전화기에는 밤새 도착한 친구들의 축하 메시지로 북적거렸다. 세수하려고 틀어 놓은 물소리마저 기분 좋은 내 생일날, 식구들도 짧지만 행복하게 "생일 축하해!" 하고 말해 준다. 보글보글 미역국 끓는 소리가 꼭 노랫소리처럼 들리고, 딸그락딸그락 식탁 위에 차려 놓은 상차림마저 정겹다. 옷을 갈아입을 때 나는 귓가에 스치는 소리들마저 즐거운 날, 재빨리 신발끈을 동여매고 밖으로 나

갔다.

선물처럼 시간 맞춰 도착한 버스가 유쾌하게 부르릉 시동을 걸고, 모두들 나의 생일을 축하하듯 활기찬 거리를 지나쳐 갔다. "야, 오랜만이다! 생일 덕분에 얼굴 보는구나." 모처럼 만난 친구들의 웃음소리가 선물처럼 마음에 가득 쌓였다. 부시럭부시럭 포장지를 뜯을 때 나는 기분 좋은 소리, 상자를 열어 보기도 전에 나는 벌써 감탄한다.

기억하자. 글은 의도를 전하기 위한 도구이지, 모든 것을 다 보여 주는 사진과는 다르다. 글에서는 오로지 작가가 의도한 것만 표현되어야 한다.

청각적 표현의 장점은 현장감을 돋보이게 해 준다는 점이다. TV보다 라디오가 더 생생할 때가 있다. 그리고 소리를 끈 TV보다는 단연코 라디오가 더 생생하다. 바로 소리가 가지는 생생한 특성 덕분이다. 소리는 현장감을 표현하는 데 가장 좋다.

향기가 아니라
향기 맡는 장면을
: 후각적 표현

혹시 글에서 냄새를 맡아본 적이 있는가?

정오가 되자 그는 다시 냉정함을 되찾았다. 왼손의 둘째, 셋째 손가락을 코밑에 갖다 댄 후 손가락 사이로 공기를 들이마셔 보았다. 아네모네꽃 향기가 섞인 촉촉한 봄바람 냄새를 맡을 수 있었다. 그런데 자신의 손가락에서는 아무 냄새도 나지 않았다. 이번에는 손을 뒤집어 손바닥에 코를 대고 냄새를 맡아 보았다. 손의 체온은 느낄 수 있었지만 냄새라곤 도통 없었다. 그러자 그는 너덜너덜다 떨어진 셔츠 소매를 걷어올리고 팔꿈치 안쪽에 코를 파묻었다. 그곳이야말로 사람들이 자신의 냄새를 맡을 수 있는 장소라는 사실을 알고 있었기 때문이다. 그렇지만 역시 마찬가지였다. 겨드랑이와 발, 심지어 성기에까지 몸을 숙여가며 냄새를 맡아 보았지만 아무런 냄새도 없었다. 기이한 일이었다. 수 마일씩 떨어진 곳에 있는 사람 냄새도 맡을 수 있는 그르누이가 한 뼘도 채 안 되는 거리에 있는 자기 성기의 냄새를 맡을 수가 없다니![4]

후각적인 표현을 주로 사용한 대표적인 작품은 역시 쥐스킨트의 《향수》만 한 것이 없는 것 같다. 그런데 여기에서 뛰어난 건 향기나 냄새를 잘 묘사해서가 아니다. 여러 가지 향기를 잘 표현했다든지, 어떤 냄새인지 잘 설명했기 때문도 아니다. 《향수》의 백미는 독자로 하여금 직접 등장인물이 되어서 정말로 냄새를 맡고 있는 것 같다는 느낌이 들게 한다는 데있다. 앞의 인용문은 이 소설의 가장 뛰어난 표현 중 하나이다. 향기에 대해서라면 세상 모든 사람 중에서 가장 뛰어난 주인공 그르누이가 자신의 냄새를 맡기 위해서 발버둥치는 모습이다. 독자들은 이 부분을 읽으며 자신의 몸에서 나는 냄새를 맡고 싶어질 만큼 그르누이에게 몰입하게 된다. 바로 여기에 표현의 묘미가 있다.

작가는 의도하고 독자는 체험한다. 어떤 감각적 표현이든지 핵심은 독자가 스스로 보는 것 같고, 듣는 것 같고, 냄새 맡

---

4   p.306, 파트리크 쥐스킨트, 《향수》, 강명순 옮김, 열린책들, 2006.

는 것 같고, 맛보는 것 같고, 만져 보는 것처럼 느끼게 하는 데 있다.

이런 면에서, 후각적 표현은 작가가 잘못 활용하기 쉬운 특성이 있다. 냄새나 향기만 잘 표현하면 될 거라고 생각하기 쉽지만 그게 아니다. 어떤 향기라도 좋으니, 독자가 직접 향기를 맡는 것처럼 느끼게 해야 한다. 즉, 향기나 냄새에 집중하기보다 상황이나 동작, 그리고 그것이 자아내는 분위기와 정서를 어떻게 표현할까 하는 데 집중해야 한다.

음식이 아닌, 인생의 맛을 : 미각적 표현

미각적 표현이라고 하면 흔히들 좋아하는 음식을 떠올린다. 혹은 어떻게 하면 먹음직스럽게 표현할까를 고민한다. 그것도 나쁘진 않다. 음식은 에세이의 좋은 재료니까. 하지만 여기서 다루고자 하는 건, 미각이 아니라 미각적 표현이다.

가장 유명한 미각적 표현은 바로 이런 것이다. '인생의 쓴맛', '조직의 쓴맛'. 주로 긍정적인 맛보다 쓴맛이 널리 알려져 있다. 또, '결혼의 진정한 맛', '공부의 참맛', '독서의 진짜 맛'처럼 올바른 의미나 본질을 드러내는 표현들도 널리 사용된다.

미각적 표현이란 이런 식이다. 먹는 음식보다도 다른 대상을 표현할 때 더 빛난다. 영화로도 만들어진 바 있는 라우라 에스키벨의 《달콤 쌉싸름한 초콜릿》에서는 가문의 관습에 저항하며 열병 같은 사랑을 경험하는 티타의 이야기를 달콤하면서도 쓴 초콜릿으로 표현하고 있다.

어떤 맛이든 표현에 활용하는 건 상관없겠지만, 낯설고 희귀한 맛보다도, 대중적이고 널리 공감할 수 있는 맛에 빗대는 게 더 효과적이다. 도대체 무슨 맛인지 알 수 없다면, 도대체 무슨 이야기를 하는지도 알지 못할 테니.

아는 것과
만져 보는 건 다르다
: 촉각적 표현

인간의 촉감은 별로 믿음직스럽지 못하다. 촉수가 발달하지 않았기 때문이다. 아무리 손을 비비고 만져 보아도 구분할 수 있는 느낌은 거의 없다. 지금 당장이라도 눈을 감고 한번 주위를 더듬어 보자. 어디에 무엇이 있는지 이미 알고 있어서 그렇지, 만약 오로지 만져 보기만 한다면 뭐가 뭔지 전혀 구분하기 힘들 것이다. 우리 주변에는 온통 매끈매끈하거나, 꺼끌꺼끌하거나, 차갑거나, 뜨거운 것들밖에 없다.

그럼에도 불구하고 촉각적 표현이 빛을 발하는 순간이 있다. 촉각은 관념적인 이야기, 머릿속에서만 맴도는 뜬구름 잡는 이야기를 할 때, 독자의 정신이 번쩍 들게 만들어 준다.

가냘프게 눈꺼풀을 다시 들어올렸다. 마지막으로 옆자리를 지키고 있는 리싱의 경건한 모습을 가슴에 아로새겼다. 그 뒤에 다른 사람들도 여럿이 있었지만 누가 누군지 알아볼 수 없는 그림자일 뿐이었다. 눈앞이 점점 어두워졌는데 이상하게도 리싱의 모습만은 또렷하게 떠올랐다. 천천히 아주 조금씩 손을 들어올렸다.

내민 손을 그녀가 꼬옥 쥐는 느낌이 전해져 왔다. 희미하게 아주 어슴푸레하게 느낄 수 있었다. 리싱의 모습이 아련하게 희미해졌다. 그와 함께 의식도 마침내 영원한 잠에 빠져들었다.

그러나 모든 것이 정지해 버리기 직전에 언뜻 무엇인가

가 뇌리를 스쳤고, 아주 잠시 동안이지만 앤드류는 마음의 평화를 느꼈다.[5]

아이작 아시모프의《바이센티니얼 맨 : 200살의 사나이》중 마지막 장면이다. 우리에게는 로빈 윌리엄스가 주연한 동명의 영화로도 잘 알려져 있다. 로봇인 앤드류 마틴이 사람으로 죽어갈 때, 그는 리싱과 꼬옥 마주 잡은 손의 촉감을 느낀다. 그 역시 사람이라는 가장 강력한 표현이 아닐 수 없다.

읽기는 내면에서 작동하므로, 사람들은 글을 읽을 때, 자신의 머리를 긁거나, 단지 책장을 넘기는 정도의 촉감을 느낄 뿐이다. 독서에 몰입하는 순간, 사람들은 촉감을 상실하기 일쑤다. 하지만 촉감이야말로 가장 본질적인 독서의 감각이다.

아무리 전자책이 보편화되어도, 사람들은 종이의 촉감 때문에 책을 찾는다. 그래서 글을 통해 어떤 촉감을 표현할 때는 매우 조심스러워야 한다고 생각한다. 독서의 촉감을 방해하기 쉽기 때문이다.

---

5   p.37. 아이작 아시모프 지음. 박상준 옮김.

앞의 인용문처럼, 로봇이나 사물, 어떤 낯선 대상을 표현하기 위해 사용하는 것이 좋지 않을까? 특정한 상황과 개인적인 성향에 따라 결정할 일이지만, 읽기에 방해가 되어서는 안 된다는 건 예외가 없다.

중심 문장과
뒷받침 문장들

글쓰기의 주된 도구는 단어이고, 글쓰기를 주로 담당하는 건 문장이지만, 글쓰기의 생김새를 결정하는 건 바로 문단이다.

단어나 문장에 대한 관심에 비하면, 요즘 사람들이 문단에 대해 가지는 관심은 참 보잘 것 없어 보인다. 아니, 무관심하다. 아마도 인터넷 글쓰기가 유행하면서 인위적으로 문단과 문단 사이를 띄어 버리거나, 그냥 사진 사이사이마다 문장을 늘어뜨려 놓는 습관이 생겨 버린 때문인 것 같다.

문단 나누기의
추억

학창 시절, 국어시간에 문단 나누기를 해 본 경험이 있을 것이다. 국어사전에서는 문단을 '글에서 하나로 묶을 수 있는 짤막한 단위. 한 편의 글은 여러 개의 문단으로 구성된다.'고 역시 불친절하게 설명하고 있다. 나는 문단을 다음과 같이 정의 내리고 싶다.

> '하나의 중심 문장과 여러 개의 뒷받침 문장들로 이루어진, 하나의 의미단락.'

여기에서 중요한 건 문단의 구성요소다. 한 문단은 거의 대부분 하나의 중심 문장과 여러 개의 뒷받침 문장들로 이루어진다. 물론 특정한 하나의 중심 문장이 숨겨져 있는 경우도 있다. 하지만 하나의 문단은 반드시 하나의 의미단락을 형성하므로, 의미를 따라서 추적해 가면 반드시 한 문단은 하나의 중심 문장으로 요약할 수 있다. 즉, 하나의 의미단락을 형성하는 글의 한 무더기가 문단이 되어야 한다.

문단의 가장 쉬운 예시는 다음과 같다.

컴퓨터는 인간의 유용한 발명품이다. 컴퓨터 덕분에 인간은 한번에 여러 가지 작업을 수행할 수 있게 되었다. 예전 같으면 며칠씩 걸리는 작업도, 컴퓨터를 쓰면 불과 몇 분에 해결할 수 있다. 컴퓨터의 여러 기능을 통해서 몇 사람이 할 일도 혼자서 할 수 있다. 컴퓨터는 매우 비싸다.

  여기서 중심 문장은 '컴퓨터는 인간의 유용한 발명품이다.' 이고, 나머지는 뒷받침 문장들이 된다. 중심 문장이 문단의 주된 의미를 드러내는 역할을 한다면, 뒷받침 문장들은 의미를 심화시키는 역할을 한다. 여기서 심화란 보충설명의 뜻과는 다르다. 의미를 더 깊이 이해시키고 전달하는 역할을 하는 것이다. 그런데 중심 문장과 연관이 없거나, 의미를 심화시키기보다 오히려 의미를 흐리거나, 의미를 잘못 전달시키는 뒷받침 문장이 있다면 어떻게 해야 할까? 위의 예시 중에서 가장 마지막 문장, '컴퓨터는 매우 비싸다.'가 바로 그것이다. 이런 문장은 과감히 삭제해야 한다. 한 문단 안에는, 문단의 주된 의미와 연관 있는 문장들만 존재해야 한다. 이게 원칙이다.

글의 기본적인 구성, 즉 처음, 중간, 끝은 각각 몇 개의 문단으로 이루어진다. 다시 말하면, 글의 기본 구성을 처음, 중간, 끝의 세 부분이라고 했을 때, 서론, 본론, 결론의 핵심 내용을 먼저 한 문장으로 뽑아볼 수 있다는 뜻이다.

글을 쓸 때 무작정 노트부터 펴거나, 워드 파일부터 열지 말아야 한다. 《글쓰기 비행학교》에서도 말한 바 있지만, 글쓰기는 글자를 써 넣는 행위만 뜻하는 게 아니다. 글쓰기는 마음에서 시작해 발, 머리, 손을 거쳐 입으로 완성된다.

글쓰기의 순서

마음 → 발 → 머리 → 손 → 입

글쓰기의 작동원리

문단을 살펴보기 전에 다시 한 번 글쓰기의 작동원리를 정리하고 넘어가자. 글쓰기가 어떻게 시작해서 끝나는지 이해하고 있어야 문단을 자유자재로 활용할 수 있다.

① 마음(동기와 목적) : 글을 쓰고 싶다는 욕구, 글을 쓰면 좋겠다는 필요, 반드시 써야 하는 의무를 느끼는 순간, 바로 이 순간이 글쓰기의 출발점이다. 이때, 작가(글을 쓰는 이)는 자신의 마음을 자세히 들여다보아야 한다. 왜 이러한 욕구, 필요, 의무가 생겼는지 스스로의 상황과 상태를 관찰해야 한다. 자기가 왜 글을 쓰는지도 모르고 무작정 쓴다면 출발부터 잘못된 것이나 다름없다.

이 단계에서 반드시 알아야 할 것은 글의 목적과 글의 독자다. 내가 누구에게 왜 써야 하는지 알아내는 것이 글쓰기의 출발점이다. 그리고 독자는 반드시 실재적이어야 한다. 예를 들면, 서울시민이라는 독자의 개념은 있을지 몰라도, 서울시민이라는 사람은 실제 존재하지 않는다. 그러므로 서울시민은 독자로서 부적절하다. 서울시민 중에서 연령은 몇 살인지, 성별은 무엇인지, 지역은 어디인지, 성향, 관심사는 어떠한지까지 나와야 독자로 삼을 수 있다. 직장인, 주부, 청년 이런 것도 마찬가지다. 반드시 독자는 내 주위에 실재하는 어떤 특정 인물로 환원될 수 있을 만큼 구체적일수록 좋다.

② 발취재와 자료조사 : 글쓰기의 목적과 독자를 찾았다면, 이제는 발을 움직일 때다. 나와 같은 목적과 독자를 대상으로 이미 발표된 글을 찾아보자. 글을 쓰기 위해서 어떤 자료가 필요한지, 이미 나와 있는 글의 내용은 주로 어떤 경향을 보이는지도 유심히 살펴보자. 만약 내가 쓰고자 하는 글과 똑같은 글을 발견한다면, 이미 똑같은 글이 있음에도 불구하고, 왜 내가 써야 하는지 다시 한 번 이유를 찾아보아야 한다. 시대가 바뀌었을 수도 있고, 작가의 개성이 다르기 때문일 수도 있다.

일반적으로 글의 내용이 빈약한 이유는 바로 이러한 자료조사 및 취재과정이 부실했기 때문이다. 쓰고 싶기는 한데, 밑천이 없는 경우다.

쓰고 싶다고 해서 다 쓸 수 있는 것이 아니다. 쓰고 싶다면 쓸 수 있도록 준비해야 한다.

③ 머리구성 : 자료조사와 취재까지 끝냈다면 이제부터 본격적인 글의 구성작업을 해야 한다. 바로 이 단계에서 글의 처음독자/너, 중간작가/나, 끝메시지/우리을 확정지어야 한다. 글을 어떻

게 시작해서 어떻게 끝낼 것인지, 독자의 관심과 몰입을 어떻게 유발시켜서, 어떤 순서로 내 이야기를 풀어낼지, 그리고 독자와 내가 어떻게 합의할지 고민해야 한다.

처음, 중간, 끝의 내용을 마치 개요를 적는 것처럼 대략적으로 구성해 한 문단으로 적어보자. 그리고 다시 처음, 중간, 끝을 더 구체적으로 쪼갠다는 기분으로 구체화해 보자. 이때, 주로 쪼개지는 부분은 당연히 본론부가 된다. 본론1, 본론2, 본론3 이런 식으로 나눠서 각각의 내용을 한 문장으로 적어보자. 바로 이 문장들이 각각의 중심 문장이 된다.

④ 손질필 : 글의 구성까지 잘 마쳤다면, 이제 남은 것은 각각의 중심 문장 뒤에 뒷받침 문장들만 쓰면 된다. 쉽지 않은가? 이쯤 되면 글은 60% 이상 완성된 것이나 다름없다. 이제 노트나 워드 프로그램을 열어서 글자를 써 넣으면 된다.

주의할 것은 아무리 좋은 문장이나 기발한 내용이라도 중심 문장과 연관이 없거나, 중심 문장을 심화시키기는커녕 중심 문장을 방해하는 역할을 하면 가차 없이 삭제해야 한다.

물론, 글을 쓰면서 더 좋은 본론이 나오거나 내용이 덧붙여질 수는 있다. 원래 구성했던 것과 다른 구성으로 진행될 수도 있다. 모두 다 글쓰기에서 일어나는 자연스러운 현상이다. 하지만, 원래 의도했던 글과 다른 글이 되어서는 안 된다.

문장을 쓸 때에는, 문장 자체만 보는 게 아니라, 지금 쓰고 있는 문장이 글 전체의 목적과 구성에 잘 맞물리는지 살펴보는 게 더 중요하다.

⑤ 입退고 : 글자를 다 써 넣었다면, 이제 초고가 끝난 것이다. 모든 글은 반드시 초고와 퇴고로 이루어진다고 했다. 이제는 퇴고를 할 차례다.

글을 구상할 때 의도했던 독자를 실제로 찾아가서 만나거나, 미리 글의 요약 같은 것을 읽게 해 보는 과정이다. 그래야 내 의도대로 글이 작동하는지 아닌지를 확인할 수 있다.

만약 단행본이나 공개적으로 발표하는 글이라면, 편집자가 이 역할을 해 주어야 한다. 편집자는 개인의 입장이 아닌, 독자의 입장에서 독자들 대신 작가에서 피드백을 해 주는 사람이다.

독자의 피드백을 퇴고에 반영해야 한다. 이렇게 해야 비로소 글의 완성도를 보장할 수 있다.

문단은 별개로 존재하지 않는다

한 문단은 이렇게 글의 전체적인 구성 아래에서 작동하는 글의 가장 하부 구조가 된다. 한 문단이 별개로 존재하는 것이 아니라, 서론의 일부, 본론의 일부, 혹은 결론의 일부로서 작동한다.

각각의 문단은 실제로 글을 쓸 때에만 확인할 수 있기 때문에, 반드시 글의 전체적인 구성이 끝난 다음에라야 유기적으로 연결할 수 있다. 한 문장을 잘 썼다고 글을 잘 쓰는 게 아니다. 문단을 잘 쓸 수 있어야 글을 잘 쓸 수 있다.

내가 지금 쓰고 있는 문단이 어떤 자리에서 어떤 역할을 해야 하는지 기억해야 한다. 전체적인 주제와 자리를 감안해서 글을 심화시키는 방향으로 써야 맞는 것이다. 그래야 군더더기가 없고, 일관성 있는 글을 쓸 수 있다.

에세이 표현의 3형식

문장의 종류는 몇 가지나 될까? 영어에 5형식이 있다면, 에세이 표현에는 3형식이 있다. 바로 진술, 묘사, 서사다.

진술
: 이것은 무엇입니다

가장 기본적인 문장은 주어 + (목적어) + 서술어로 이루어진다. 모든 문장은 기본적으로 진술의 형태를 띤다.

문제는 이 진술이 설명일 때가 너무 많다는 점이다. 앞에서 이야기했던 학술적인 글쓰기, 즉 사실, 정확, 객관의 편견에 사로잡혀서 무엇을 쓰든지 설명문처럼 써 버리는 것이다.

진술만 끊임없이 반복된다면 그건 에세이가 아니라 논문이나 리포트가 되고 만다.

진술하되, 진술로 그쳐서는 안 된다.

묘사
: 장면 보여 주기

묘사야말로 에세이 표현의 핵심이다. 이때 오해하지 말아야 할 것은 미술에서 말하는 묘사와 에세이의 묘사는 전혀 다른 개념이라는 사실이다.

어떤 사물을 있는 그대로 보여 주는 것이 아니다. 에세이의 묘사는 작가가 특정한 의도를 가지고, 보여 주어야 할 것을 보여 주는 작업이다. 앞서 살펴보았던 오 헨리의 단편 〈동방박사의 선물〉처럼 말이다.

그래서 묘사는 한 문장으로 이뤄지지 않고 한 문단 혹은 여러 문단으로 이뤄진다. 명심해야 할 것은 묘사는 한 장면씩 또박또박 보여 줘야 한다는 점이다. 필요한 대로 오감을 다 사용해서 보여 주면 된다. 꼭 눈으로 보는 것만 묘사가 아니라는 사실을 잊지 말자.

우리 사회에 만연한 글쓰기의 병폐는 무엇이든지 설명하려고만 드는 경향이다. 설명하지 말고 표현해야 한다. 표현의 가장 좋은 방법이 묘사다. 장면을 보여 주는 것이다.

서사
: 나의 이야기에서 우리의 이야기로

진술이 모이면 묘사가 되고, 묘사가 모이면 서사가 된다. 한 편의 에세이는 그 자체로 하나의 서사와 같다. 여러 장면이 일관적인 의도를 가지고 다채롭게 펼쳐질 때, 독자는 글에 몰입해 빠져든다.

에세이는 논문도 아니고, 그렇다고 소설도 아니다. 전문가가 쓰는 칼럼과도 다르며, 그렇다고 혼자 아무렇게나 쓰는 일기도 아니다.

에세이가 의미 있는 이유는 한 인간을 드러냄으로써 우리 사회 전체가 상호작용하게 되는 공적인 서사이기 때문이다. 예를 들면, '삼겹살을 좋아하는 나는, 오늘 돼지고기를 500g

살지, 700g 살지가 고민이다.' 이 문장은 내 일기장에나 적으면 된다. 하지만 에세이는 이렇게 적어야 한다. '삼겹살을 좋아하는 나는, 요즘 들어 부쩍 올라 버린 돼지고기 가격이 부담스럽다. 왜 이렇게 비싸졌을까? 오늘 같은 날, 삼겹살을 먹고 싶어도 먹을 수 없는 사람들이 나뿐만은 아닐 것이다. 삼겹살을 못 먹은 사람들이 나 말고 또 누가 있을까?' 이게 에세이적 표현이라 할 수 있다.

반드시 사회적인 이슈나 사회 참여적 내용일 필요는 없다. 그러나 누구든지 나 말고 다른 사람들도 공감하고 반응할 수 있어야 한다. 단순히 자기자랑이나 자기주장만을 피력하는 글은 에세이가 될 수 없다. 에세이에는 서사가 담겨야 한다.

나의 이야기가 어떻게 우리의 이야기가 될 수 있을까? 그렇게 하기 위해서 나는 어디서부터 어디까지 이야기해야 할까?

에세이 표현의 3형식을 표현한다면 다음의 표와 같이 생각해 볼 수 있겠다.

에세이스트는
탐구자다

에세이스트는 탐구자다. 에세이는 탐구의 여정에서 얻어 낸 하나의 결과물이다. 그 자체로 하나의 결론일 수도 있고, 어떤 결론을 향해 가는 하나의 과정일 수도 있다.

　우리 사회는 에세이에 대한 편견을 갖고 있다. 그러나 에세이를 쓴다는 건 유명해서나, 성공해서나, 종교적인 위안을 주거나, 단순히 문장을 잘 쓰기 때문이어서가 아니다.

　'자신의 생각과 느낌을 형식에 구애받지 않고 자유롭게 풀어쓰는 산문 글쓰기'답게 에세이는 자발적이어야 한다. 그만큼 자유로워야 한다.

만약 내가 어떤 에세이를 써서 유명해지고 싶거나, 성공하고 싶거나, 무엇인가 사람들에게 위로를 주고 싶거나, 문장을 과시하고 싶다면 다시 생각해 보기 바란다. 에세이는 그런 게 아니다. 설령 쓴다고 해도, 에세이가 당신을 도와주지 않을 것이다.

에세이스트가 되려면 먼저 탐구자가 되어야 한다. 이 시대를 살아가는 나 자신을 탐구하고, 우리 사회를 탐구하고, 우리의 과거와 현재, 그리고 미래를 탐구하는 사람이 되어야 한다.

에세이스트는 용감해야 한다. 탐구의 결과가 반드시 성공적이라는 보장은 없다. 하지만 탐구하는 그 자체가 이미 하나의 성취를 이룬 것임에는 분명하다. 그러므로 용기를 내서 탐구에 착수해야 한다.

다른 사람이 가르쳐 주는 내 모습이 어찌 진짜 내 모습이 되겠는가? 과연 그러한지 나 스스로 탐구해야 하지 않겠는가? 우리 사회에 대유행이라는데, 신문과 방송에서 다들 그렇다고 떠들고 있는데, 정말 그런지 한번 나서서 살펴 봐야 하지 않겠는가? 우리의 미래가 앞으로 이렇게 바뀔 거라고 하는데, 공부 많이 한 전문가들이 다들 그렇다고 하는데, 그냥 곧이곧대로 믿으면 되는 일인가? 아니다. 정말로 그런지 한번 나서서 살펴 봐야 하지 않겠는가? 제삼자의 눈으로, 내가 살아가는 내 삶의 자리에서, 나름대로 탐구해 봐야 하지 않겠는가 말이다.

에세이스트의 문장은 진심어린 탐구자의 문장이어야 한다. 그렇게 써야 에세이다.

1. 빨, 주, 노, 초, 파, 남, 보 무지개의 일곱 빛깔 중에서 마음에 드는 한 가지 색을 고르세요.

2. 다음의 중심 문장 중에서 하나를 고르고, 뒷받침 문장을 써서 글을 완성하세요. 반드시 위에서 고른 색깔을 뒷받침해야 합니다.

(시각적, 심리적, 의미적 등등)

   1) 나는 _____ 입니다.

2) 오늘은 _____ 빛깔이었습니다.

_____

_____

_____

_____

_____

_____

3) 나의 내일은 _____ 이었으면 좋겠습니다.

_____

_____

_____

_____

_____

_____

_____

_____

_____

Part 4

에세이의
실제

일상
에세이

에세이는 일기와 어떻게 다를까? 일상적인 에세이를 쓸 때, 가장 혼동되는 장르가 일기다. 그렇다면 먼저 일기가 무엇인지부터 다시 점검해 보아야 한다.

일기란, '날마다 그날그날 겪은 일이나 생각, 느낌 따위를 적는 개인의 기록'이다. 일기에는 남에게 보여 줄 수 없는 내용들, 혹은 나의 가장 비밀스런 이야기도 적을 수 있다. 내가 작가이자, 내가 독자이기 때문이다.

반면에 에세이는 아무리 일상적인 내용이라 하더라도 공적인 기록이다. 남에게 보여 줄 수 없는 내용들, 나의 가장 비밀스런 이야기는 당연히 적을 수 없다. 내가 작가이기는 하지만, 독자는 내가 아니니까.

일상을
탐구하라

평범한 일상에서 무엇을 탐구할 수 있을까? 내 주변을 돌아보면 다 평범하고 그저 그런 시시한 것들뿐인 것 같다. 하지만 그 이유는 내 주변이 정말로 시시해서가 아니라, 주변을 바라보는 내 시선이 시시해서 그렇다.

여기, 일상을 특별하게 바라보는 열 가지 방법을 소개해 본다.

01. 샅샅이 살펴보기 발밑까지 주목해서 보자.

02. 모든 것을 살아있다고 상상하기

03. 관찰 대상 주변에서 어떤 일이 일어나는지 살펴보기

04. 경로를 이탈하기

05. 더 가까이 더 멀리서 보기

06. 오래 관찰하기

07. 패턴이나 공통점 찾기

08. 처음과 끝을 찾아보기

09. 나름대로 의미 부여하기

10. 재미있는 이유 찾기

탐구의 첫 번째 단계
: 관찰

에세이를 쓰려고 할 때, 무엇보다 스스로가 먼저 탐구자가 되어야 한다. 이를테면, 주변의 모든 것을 내가 인류 최초로 발견한 사람이라고 스스로 상상해 본다.

이것의 이름은 무엇일까? 누가 만들었을까? 왜 만들었을까? 밥솥 하나를 보더라도 인류 역사상 최초로 발견한 사람이 되어 보는 거다. 그러면 샅샅이 살펴볼 수밖에 없다. 원래 용도를 모르니, 발견해야 하지 않겠는가? 또한 이것이 살았는지 죽었는지도 모른다. 당연히 살아있을 수도 있다 생각하고 조심스럽게 툭툭 건드려 보고 지켜보아야 한다.

또 관찰 대상의 주변에서 무슨 일이 일어나는지 살피는 것도 중요한 탐구 작업이다. 이를테면, 교통사고의 경우, 차량과 차량이 충돌하는 것도 중요하지만, 그 주변에서 벌어지는 일도 나름의 특색과 패턴을 가진다.

앞의 열 가지 방법을 적용해 보면, 내 주변의 일상도 흥미진진한 탐구 대상이 된다. 탐구의 시작은 관찰이다. 에세이스트는 무엇보다 예리한 관찰자가 되어야 한다.

탐구의 두 번째 단계
: 해석과 의미부여

어떤 사물이나 사건을 유심히 관찰해 보면, 반드시 어떤 해석을 하는 순간이 찾아오기 마련이다. 나는 대필 작가로 일할 때, 특히 이런 경험을 많이 겪었다. 한번은 어떤 여성지에서 립스틱에 대한 에세이를 쓰게 되었다. 작중 화자는 20대 후반 미혼 직장인 여성이었다.

나는 이틀 동안 하루 종일 방안에 틀어박혀서 립스틱만 발라보았다. 촉감이 어떤지, 거울을 볼 때는 어떻게 하는지, 립스틱을 바를 때 어떤 생각과 느낌을 경험하게 되는지 먼저 나 스스로를 들여다보았다.

그 다음에 한 일은 거리로 나간 것이다. 세상은 오직 립스틱을 바른 여자와 립스틱을 바르지 않은 여자로 나뉘었다. 하루 종일 카페에 앉아서 여자들 입술만 몰래몰래 쳐다보았다. 그렇게 꼬박 하루를 보내고 나니, 나는 자연스럽게 다음과 같은 해석을 내릴 수 있었다.

'아, 여자들은 자신을 꾸미기 위해서 립스틱을 사용하는구나.'

너무 당연한 사실이지만, 내게는 참신하게 다가왔다. 립스틱을 바른 여자들은 주로 화장도 짙고, 옷도 정장이나 드레스 같은 것들, 혹은 곳곳에 멋을 낸 흔적이 많았다. 반면 립스틱을 바르지 않은 여자들은 거의 대부분이 쌩얼이었다. 옷도 캐주얼한 청바지 차림이나, 아예 우리가 추리닝이라고 부르는 트레이닝복 차림이 압도적이었다.

나는 얼른 집으로 돌아가 글을 구상했다. 제목은 '나를 돋보이게 만드는 입술'이었다.

관찰이 쌓이면 해석으로 이어진다. 그리고 해석에는 반드시 의미부여가 필요하다. 아무리 일상적인 소재라 할지라도 나만의 관점과 해석은 가능하다.

중요한 건 단순한 분석이 아니라 해석이어야 한다는 점이다. 이 립스틱 에세이에서 분석은 '립스틱을 바른 여자들은 대부분 꾸미고 있고, 립스틱을 안 바른 여자들은 꾸미지 않았다.'는 점이었다. 여기서 끝내면 안 된다. 이게 어떤 의미인지 내 관점에서 해석해내야 한다.

관찰과 해석이 어렵다면, 좋은 에세이를 쓰기도 어렵다. 에세이를 잘 쓰고 싶다면 먼저 관찰과 해석부터 연습해야 한다.

일상 에세이의 예
:《격몽요결》

프랑스에 몽테뉴가 있었다면, 조선에는 율곡 이이가 있었다. 《수상록》보다도 좀 더 빠른 1571년, 율곡은 독서궁리讀書窮理: 책을 읽으며 사물의 이치를 탐구함를 위해《격몽요결擊蒙要訣》을 집필하였다. 그 중의 한 부분을 소개해 본다.

為學者一味向道 不可為外物所勝 外物之不正者 當一切
不留於心 鄉人會處 若設博奕樗蒲等戲 則當不寓目 逡巡
引退 若遇娼妓作歌舞 則必須避去 如值鄉中大會 或尊長
強留 不能避退 則雖在座 而整容清心 不可使奸聲亂色 有
干於我 當宴飲酒 不可沈醉 浹洽而止 可也 凡飲食 當適中
不可快意有傷乎氣 言笑 當簡重 不可喧譁以過其節 動止
當安詳 不可粗率以失其儀

학문하는 사람은 하나로 도를 향해 가야 하며, 바깥세상이 스스로를 이기게 놔두면 안 된다. 세상의 옳지 못한 것은 일체 마음에 머물게 하지 말라. 사람들이 모인 곳에서 만약 바둑, 장기, 도박 같은 유희가 벌어졌으면, 거들떠도

보지 말고 뒷걸음질 쳐 나오라. 만약 노래 부르고 춤추는 기생을 만났다면 반드시 피해 가라. 지역의 중요한 자리에서 웃어른이 강제로 머물게 해 피할 수 없다면 자리에 남긴 하되, 용모를 정돈하고 마음을 맑게 가져 간사한 소리나 어지러운 기운이 나에게 오지 않게 하라.

잔치에서 술을 마실 때는 몹시 취하면 안 되며, 적당히 그치는 것이 옳다. 적절하게 먹어야 하며, 먹고 싶은 만큼 먹어서 기를 상하면 안 된다. 말과 웃음은 간결하고 신중하게 하고 시끄럽게 지껄이고 떠들어서 스스로도 감당이 안 되면 안 된다. 침착하고 조용히 행동하며, 경솔하게 행동해서 예의를 잃으면 안 된다. 율곡의 《격몽요결》 중, 김무영 역

얼핏 훈계하고 가르치는 내용이기는 하지만, 학문하는 사람에게 당부하는 일상적인 내용들이다. 세상의 옳지 못한 것에서부터 마음을 지키는 것이 학문의 기본이라고 해석하는 율곡은, 기생은 물론이고, 바둑, 장기, 도박도 피해야 한다고 구체적으로 말하고 있다. 또 요즘의 반상회 같은 모임인지, 아니면 집안의 중요한 회의인지 모르지만, 중요한 회의에 나가

서도 마음을 잃지 않는 일에 더 힘쓰라고 이야기한다.

피할 수 있다면 피하는 게 좋겠고, 피할 수 없다면 예의상 앉아 있기는 하되, 스스로를 가지런히 하는 일에 힘쓰라고 이야기한다. 음식과 술, 말과 행동도 마찬가지다. 율곡이 추구했던 조선시대 선비들의 일상적인 몸가짐을 엿볼 수 있다. 그리고 이 반대로 하면 망나니 선비의 모습이 어땠을지도 상상할 수 있겠다.

일기를 쓰는 것도 필요하지만, 되도록 혼자만 봐야 하는 내용이 아니라면 매일매일 에세이를 써 보는 게 어떨까? 삶의 한 순간 한 순간이 실은 풍부한 관찰과 해석의 소재들이다.

숙제로 내야 해서 억지로 일기를 썼을 때는 쓸 게 없다고 아우성이었지만, 쓰고 싶어서 쓰는 에세이라면 아무리 평범한 하루라도 그냥 넘어가는 법이 없을 것이다.

여행
에세이

해외여행 자유화 이후, 1990년대 중반부터 봇물처럼 쏟아졌던 장르가 바로 여행 에세이였다. 그리고 에세이스트들이 가장 활발하게 사회로 진출한 분야가 바로 여행 에세이기도 하다. '여행 작가'라고 하는 직업 말이다.

자기계발, 혹은
대리만족?

여행 작가가 된다는 것 자체가 직장인들에게는 하나의 로망이 되어 버린 듯하다. 언젠가, 나도 자유롭게 세계를 누비며 여행 작가로 살고 싶다는 꿈은, 실은 여행을 사랑해서라기보다는 여행으로 도피할 수밖에 없는 우리의 쓸쓸한 현실을 반증하는 슬픈 꿈일지도 모른다.

여행 안내서를 제외하고, 이른바 여행 에세이를 표방하는 책들을 보면, 무늬만 여행 에세이인 경우가 많다. 그럼 내용은? 내용은 크게 자기계발이나 대리만족, 이 두 가지로 나뉜다.

자기계발의 경우는 이런 식이다. '전, 이렇게 이렇게 역량을 키워서 여행을 다녀왔습니다.' 라는 주제 아래, 여행이 아니라 본인을 부각시키는 타입이다. 이건 여행 에세이가 아니라, 자기계발이다. 여행을 다루지 않는 여행 에세이가 있을 리 없다.

대리만족의 경우는 더 심각하다. 직장인들의 보상심리에 철저하게 부응하는 것을 목표로, 현실적인 여행의 모습이 아닌, 환상과 낭만으로 점철된 마약 같은 책이다. 물론 하나의 상품으로서는 나쁘지 않다고 생각한다. 팍팍한 살림살이에 지친 우리에게는 마약도 필요하다. 그런데 문제는 이런 것들이 여행 에세이라고 착각하는 데서 비롯된다. 내가 말하고 싶은 지점이 바로 여기다.

여행
에세이란?

여행 에세이가 무엇인지 나는 모른다. 내가 여행 작가도 아니고. 하지만 한번 알아볼 용의는 있다. 동서양을 대표하는 기행문 한 편씩을 맛보기로 살펴보도록 하자. 먼저 괴테의 《이탈리아 기행》이다.

이제 짐을 꾸리는 일은 어렵지 않다. 내게 그토록 사랑스럽고 소중했던 모든 것을 뿌리치고 떠나왔지만 지금은 우리가 살아가기 위해서 너무 많은 준비를 한다는 말이 절실하게 마음에 와 닿는다. 나는 낙원 같은 자연 속에서 새로운 자유와 기쁨을 얻을 것이다. 중략 오래도록 느껴 보지 못했던, 명랑하고 편안한 기분으로 여기서 하루하루를 보내고 있다. 모든 것을 있는 그대로 바라보고 그대로 받아들이려는 나의 노력, 나의 눈빛을 흐리지 않게 하려는 나의 중심, 주제넘은 모든 생각을, 나의 생각을 완전히 떨쳐 버리려는 나의 태도, 이 모든 것이 한데 어울려 내게 도움이 되고 나로 하여금 남모르는 은밀한 행복감을 느끼게 해 준다. 중략 이번 여행길에서는 분명히 여행

하는 법을 배우게 될 것이지만, 인생을 사는 법까지 배울 수 있을지는 아직 모르겠다. 인생을 이해한 것처럼 보이는 사람들은 기질과 성향 면에서 나와는 아주 다른 사람들이어서, 과연 내가 그 같은 재능을 지니고 있을까 의문이다. 중략 내가 방문했을 때, 그녀는 그전에 카스텔 간돌포에서처럼 깨끗한 실내복을 입고 있었다. 그녀는 솔직하게 애교로 나를 맞아 주었다. 그러면서 사랑스러우면서도 진심이 가득한 표정으로, 내가 보여 준 관심에 대해 몇 번이고 감사의 말을 되풀이하는 것이었다.[1]

이 내용들은 괴테가 로마와 밀라노 등지에서 느낀 것들이다. 특히 밀라노에서는, 괴테의 표현에 따르자면 평생 잊지 못할 한 여자이미 누군가의 약혼녀인를 만난 이야기도 하고 있다. 700페이지가 넘는 방대한 분량 속에서, 그는 그야말로 자유롭게 이것저것에 대해 이야기한다.

다음에는 박지원의 《열하일기》를 살펴보자.

---

1   괴테, 《이탈리아 기행》, 박영구 옮김, 푸른숲, 1998.

요동 땅에 들어서면서부터 마을은 끊이지 않으며 길의 넓이가 수백 보에 달하고 길을 따라서 양편에는 수양나무를 즐비하게 심었다. 집이 쭉 늘어선 곳의 마주선 문과 문 사이에는 장마 때에 물이 고인 탓으로 여기저기 자연히 큰 못이 이루어졌다. 집집마다 기르고 있는 거위와 오리가 수없이 그 못 위에 떠다니고, 양쪽의 촌집들은 모두가 물가의 누대처럼 붉은 난간과 푸른 헌함이 좌우에 영롱한 것이 강호적 생각을 나게 한다. 군뢰가 세 번의 나팔을 불고 난 후에 몇 리를 앞서 가면, 전배의 군관이 군뢰를 따라서 먼저 출발한다. 나는 행지가 자유롭기 때문에 매양 변 군과 더불어 서늘할 때를 기다렸다가 새벽에 출발했으나 10리도 채 못 가서 전배가 뒤쫓아와서 만나게 되었다. 그들과 고삐를 나란히 하고 재미있는 이야기와 농담을 하면서 매일 이렇게 행진하였다. 마을이 가까워질 때마다 군뢰는 나팔을 불고 네 사람은 권마성勸馬聲을 합창한다. 그러면 집집마다 여인네들은 문이 꽉 차도록 뛰어나와 구경을 하는데 늙거나 젊거나 간에 옷차림은 거의 비슷하다. 머리엔 꽃을 꽂았고 귀고리를 했으며 성적成赤: 얼굴에 분을 바르고 연지를 찍는 일은 살짝 한 듯 만 듯하였다. 입에는 하나같이 담뱃대를 물었고, 손에는 신바닥에 대는 베와 바늘과 실을 들었으며, 어깨를 비비면서 손가락질들을 해 가며 깔깔거리고 웃는다. 한나라 여자는 이곳에서 처음 보았는데, 발을 감았고 궁혜를 신었는데 자색은 만주 여자보다 못했다. 만주 여자 중에는 화용월태가 많다.[2]

연암은 43세 때인 1780년에 팔촌형 박명원을 따라 청나라를 여행하게 되었다. 《열하일기》는 그 당시 기록인데, 앞에서는 국경을 벗어나서 막 요동에 들어서던 광경을 묘사한 내용이다. 특히 후반부에는 만주와 중국 여자들을 언급하는데, 머리에는 꽃을 꽂았고, 귀고리를 했지만 화장은 연하게 한 듯 만 듯 했다고 적고 있다. 그러면서 입에는 하나같이 담뱃대를 물었고, 베와 바늘과 실을 들고 나와서는, 어깨를 비비면서 손가락질까지 해 가며 깔깔거리고 웃는다며 생생하게 묘사했다. 그리고 결론은 만주 여자가 예쁘다고…….

2   pp.81-82, 박지원, 《열하일기》, 전규태 옮김, 범우사, 2006.

괴테처럼 자신에 대한 성찰을 하든, 박지원처럼 풍경과 인물에 대한 묘사를 하든, 여행 에세이가 담아야 할 본질적인 내용은 이것이 아닐까 싶다. 바로 '여행을 갔기 때문에 경험하고 생각할 수 있었던 모든 이야기'라고.

다시 말해, 여행을 가지 않았어도 말할 수 있는 것들은 기본적으로 여행 에세이에서 빠져야 한다는 뜻이다. 설령 들어간다고 해도 중요한 연결고리가 있거나, 정말 필요해서 하는 이야기여야 한다.

여행 에세이의 핵심은 여행이라는 소재에 있다. 그리고 여행 에세이의 주제는 그 여행이 어떤 의미였는지에 따라 나온다. 여행을 활용해서 자신의 역량을 홍보하거나, 여행을 마치 현실도피의 수단으로 활용하는 식의 여행 에세이라면, 그냥 각자 자기계발 책이나, 소설을 쓰는 게 더 낫지 않을까?

시사
에세이

시사 칼럼이 유행이다. 그리고 사람들은 시사 칼럼을 시사 에세이라고 착각한다. 결론적으로 말하자면, 나는 딱히 시사 에세이가 따로 있다고 생각하진 않는다. 어차피 모든 글은 다 시사적이지 않을까?

군이 시사 에세이라는 구분을 한다면, 그건 군이 철학 에세이라고 구분 짓겠다는 것과 마찬가지라고 생각한다. 기억하자. 모든 에세이는 다 시사적, 철학적이다. 태생부터 그럴 수밖에 없었다.

시대를
드러내는
일

모든 글은 저마다 시대를 드러낸다. 즉 시대성을 가진다. 이 말을 시대정신, 혹은 역사의식이라고 달리 말할 수도 있겠다.

그렇게 본다면, 에세이 중에서도 특히 시대정신이 잘 드러나는 작품이 있을 수 있다. 오로지 그것을 목표로 에세이를 쓸 수도 있다. 그리고 내가 아는 한, 조지 오웰의 《나는 왜 쓰는가》보다 시대정신을 더 잘 드러낸 작품은 아직 보지 못한 것 같다.

> 아주 어릴 때부터, 아마도 대여섯 살 때부터 나는 내가 커서 작가가 되리란 걸 알고 있었다. 열일곱 살 때부터 스물네 살 때까지는 그 생각을 포기하려고 했지만, 그러는 동안에도 그게 내 본성을 거스르는 일이며 조만간 차분히 앉아 책 쓰는 일을 해야 하리란 의식을 갖고 있었다. 중략
> 스페인 내전과 1936~1937년에 있었던 그 밖의 사건들은 저울을 한 쪽으로 기울게 했고, 그 뒤부터 나는 내가

어디 서 있는지 알게 되었다. 1936년부터 내가 쓴 심각한 작품은 어느 한 줄이든 직간접적으로 전체주의에 '맞서고' 내가 아는 민주적 사회주의를 '지지하는' 것들이다. 우리 시대 같은 때에 그런 주제를 피해 글을 쓸 수 있다고 생각하는 건 내가 보기엔 난센스다.[3]

그러면서 오웰은, '지난 10년을 통틀어 내가 가장 하고 싶었던 것은 정치적인 글쓰기를 예술로 만드는 일이었다.'고 고백한다. 나는 오웰의《나는 왜 쓰는가》가, 작가 스스로의 서사를 통해서 당대의 서사를 드러내는 데까지 성공한 작품이라고 생각한다. 읽는 사람 누구나 오웰의 고민에 공감하면서도, 또한 시대를 고민하게 되기 때문이다. 이 책에 '교수형', '스페인의 비밀을 누설한다', '좌든 우든 나의 조국', '영국, 당신의 영국' 같은 글들을 읽어 보라.

오웰은 정치 전문가로서 자신의 견해를 피력한 것은 아니다. 오웰은 시사 칼럼니스트가 아니었다. 오웰은 작가였다. 그

---

3   p.289, p.297, 조지 오웰,《나는 왜 쓰는가》, 이한중 옮김, 한겨레출판, 2011.

리고 작가로서 자신의 생각과 느낌을 형식에 구애 받지 않고 자유롭게 썼을 뿐이다. 단지 하나 덧붙인다면, 오웰은 정치적인 생각과 느낌이 분명한 사람이었던 것만은 확실하다. 하지만 그것은 오웰의 특기라기보다는, 오웰이 살았던 그 시대가 오웰을 더욱 그렇게 만들었다고 봐야 한다. 오웰은 그저 정직하게 자신이 살았던 시대에 응답했을 뿐이다.

시대에 정직하게 응답하라

지금이 어떤 세상인가 분석하고 공부하는 건 학자들의 몫일 수 있다. 하지만 내가 지금 어떤 시대를 살고 있는가 생각하는 건, 살아있는 사람이라면 누구나 감당해야 할 인생의 몫이다. 누구도 시대를 초월해서 살 수는 없기 때문이다. 시대를 초월한 작품은 있어도, 시대를 초월한 사람은 모두 죽은 사람들이라는 걸 기억하자.

과일 장사하는 김씨도, 생선 가게 이씨도 예외는 아니다. 표현과 정도는 다를 수 있어도, 표현을 안 할 수는 없다.

세상에 어느 누구도 시대를 무시하고 자신의 인생만 고민할 수는 없다. 나의 모든 고민은 시대적인 산물이다. 이율곡이 '화선지와 벼루를 얼마나 더 살까,' 고민했던 것은 그 시대라서 했던 고민이고, 우리가 '핸드폰 요금을 얼마 내야 하나?' 고민하는 건 지금 시대라서 하는 고민이다. 물론 시대는 다르지만, 시대를 초월하는 똑같은 고민 지점들도 있다. 율곡의 시대에도, 그리고 지금 시대도, 어떻게 하면 더 올바르게 살아가는 걸까 고민한다. 하지만 어떤 고민이든 시대 안에서 풀어내야 한다. 그렇지 않으면 그저 하나마나한 뜬구름 잡는 이야기가 되고 만다.

에세이를 쓸 때, 지금 시대라서 고민해야 할 부분들이 있다. 반드시 있다. 지금 시대가 아니었다면 어쩌면 고민도 아닐 일들이 있기 마련이다. 그래서 모든 에세이는 반드시 시사 에세이가 될 수밖에 없다. 에세이는 그렇게 시대를 타고 흐른다.

어떻게
세상을
드러내야 할까?

시대성을 가진다고 해서, 꼭 정치적일 필요는 없다. 정치는 시사의 일부일 뿐이다. 물론 아주 강력한 일부이기도 하다. 우리가 사는 세상은 여러 가지 모습을 띤다. 나는 그 중에서 어떤 모습을 드러내는 매개가 되는 걸까? 나 자신을 시대를 반영하는 하나의 매개로 바라보자. 나 개인뿐만 아니라 이 시대를 살고 있는 사람이라면 누구나 겪음직한 어떤 시대상이 내 삶 속에 들어있다. '나'라는 한 개인과, 내가 사는 이 세상이 별개가 아니기 때문이다.

에세이가 시대성을 상실하는 순간, 그것은 신변잡기로 전락해 버린다. 그렇다면 우리는 어떻게 세상을 드러내야 할까?

01. 현재를 과거와 미래로 비교해 보기

02. 지금 이 시대라서 의미 있는 것 찾기

03. 지금 시대를 다르게 이름 지어보기 예. 핸드폰 필수시대, 솔로 권장시대 등

한 개인을 다른 사람과 구분 짓는 특징이 개성이라면, 한 시대를 다른 시대와 구분 짓는 특징이 시대성이다. 시대성을 잘 찾아내기 위해서는 당연히 역사적인 이해와 안목이 필요하다. 에세이를 잘 쓰기 위해서는 필수적인 요소라고 할 수 있다. 그렇다고 무작정 역사 공부를 다시 하라는 말이 아니다.

내가 탐구하기 위해서 필요한 것들만이라도 찾아 보면 된다. 분야별로, 주제별로, 소재별로 어떤 역사적인 기원과 사건을 거쳤는지, 또 앞으로는 어떻게 변해갈지 생각해 보면 된다.

입학·채용시험 에세이

오늘날 사람들이 에세이를 써야 한다고 느끼는 가장 현실적인 이유다. 자기소개서와 입학시험, 채용시험에 에세이가 들어섰기 때문이다.

앞에서도 살펴보았지만, 오늘 우리가 에세이라고 말하는 건 상업적인 성공을 거둔 에세이 분야의 베스트셀러 상품을 말할 때가 많다. 그리고 입학·채용시험에서 말하는 에세이는, 주로 미국 대학 입학시험에서 등장하는 에세이를 가리킨다고 보면 된다.

에세이가
시험 과목이 된
까닭은?

어떻게 해야 입학 · 채용 에세이를 잘 쓸까 알아보기 전에, 먼저 에세이가 왜 입학이나 채용시험의 한 과목이 되었는지부터 생각해보자.

객관식 시험의 가장 큰 효용성이 있다면, 그건 채점의 용이함이다. 정답이 정해져 있기 때문에 쉽게 채점하고, 성적도 쉽게 비교할 수 있다. 단 객관식 시험에는 치명적인 약점이 하나 있는데, 공부를 안 한 사람도 답만 외우면 합격할 수 있다는 빈틈이다.

이런 허점을 메우기 위해서, 주관식과 논술이 시험 과목으로 등장하기 시작했다. 하지만 단답형일 경우에는 객관식 시험이나 마찬가지일 때가 많다. 요약정리만 잘하면 답을 외울 수 있었으니까.

이런 시행착오를 거치면서 드디어 에세이가 시험 과목으로 부상했다. 에세이의 가장 큰 장점은 시험의 본래 취지에 부합하는 뛰어난 변별력을 가진다는 점이다. 짧게는 몇 백 자에서 주로 1,000자, 1,500자의 에세이를 쓰라고 하면, 수험생의 수준과 깊이를 한눈에 꿰뚫어 볼 수 있다. 단 여기에도 단점은 있는데, 채점 기준이 모호하고, 채점하는 데 시간과 비용이 많이 든다는 점 등이다. 하지만, 이런 단점에도 불구하고 시험 과목으로서 에세이는 더욱 각광받고 있는 듯하다.

시험 과목
에세이를 잘 쓰는
다섯 가지 방법

01. 의도를 파악하라

02. 혼자 쓰지 말라

03. 예상을 벗어나라

04. 최대한 구체적으로 쓰라

05. 문장을 잘 쓰기보다, 잘 읽히도록 쓰라

시험 에세이를 지도할 때마다 보게 되는 광경은, 수험생들이 잠수를 타는 것이다. 자기소개서를 쓴다고 하면 갑자기 사라진다. 그리고 며칠 만에 나타나서는 말도 안 되는 글을 가지고 와서 고쳐 달라고 한다.

입학이나 채용시험에서 에세이는, 한 편의 글이기 전에 하나의 시험 과목이다. 글로 인식하기 전에 먼저 문제로 인식해야 한다. 시험 문제를 풀 때 가장 먼저 무엇을 해야 하는가? 지문을 잘 읽고 출제의도를 파악하는 일이다.

입학·채용시험의 에세이는 주제나 여러 가지 항목이 있는데, 말하자면 이게 출제의도를 찾는 단서가 된다. 또한 언론에 보도된 보도자료나, 중요 인물들의 인터뷰, 채용공고 같은 것들도 중요한 힌트다. 자기소개서를 예로 들어보자.

한 회사에서 신입사원 채용을 위해 채용공고를 낸다. 이 채용공고는 어떻게 만드는 걸까? 당연히 간단한 회사 소개, 채용시험 일정과 전형, 시험 과목, 채용인원, 이상적인 채용상 등이 들어가기 마련이다. 이걸 인사 실무자가 마음대로 적었을까? 아니다. 회의를 하고 결재를 거친 회사의 공식 문건이다. 그러므로 채용공고부터 제대로 읽어내야 한다. 거기에 답이 있다. 채용공고에 사용한 단어들을 유심히 보라. 거기에 이번 채용의 핵심적인 단어키워드들이 잔뜩 들어있을 것이다.

그 다음 자기소개서 양식을 다운 받으면 짧게는 서너 가지, 길게는 대여섯 가지 항목들이 나와있다. 이것도 잘 분석해야 한다. 얼핏 보면 별로 특별한 게 없어 보일 수 있지만, 자세히 들여다보고, 다른 회사와 비교해 보고, 작년과 올해를 비교해 보아야 한다.

그러면 올해 회사에서 중시하는 채용 경향이 보인다. 작년에는 없었던 질문이 새로 추가됐다든지, 다른 회사에는 없는 질문이 들어가 있다든지 하는 건 이 회사가 강조하는 내용이란 뜻이다. 그렇게 자기소개서 양식부터 순서대로 뜯어보자.

간혹 자유양식으로 아무것도 규정하지 않는 경우도 있다. 이럴 때는 어떻게 해야 할까? 걱정 마라. 제일 편한 자기소개서 양식이다. 개인의 역량을 최대한 발휘해도 좋다는 뜻이다. 창의성과 도전 정신을 높이 사겠다는 태도다.

세상에서 자기소개서를 가장 먼저 만드는 사람처럼 접근해야 한다. 내 마음껏 나한테 유리한 양식을 만들어서 나를 최대한 드러내면 된다. 단, 그 내용이 회사의 인사 담당자가 보기에, 회사에 유용한 것이라는 확신이 들도록 내용을 선별하는 것이 핵심이다. 자유양식이라고 해서 그저 내 기준에서, 내가 좋아하고 내가 잘 하는 것만 이야기하면 큰일 난다. 내가 파악하고 있는 회사의 기준을 맞춰 주어야 한다. 내 마음대로가 아니라, 회사 마음대로 자유양식이다.

뻔한 이야기는
하지 말기

자소서를 읽어 보면, 우리나라 청년들은 모두 엄격하신 아버지와 자상한 어머니 밑에서 자랐고, 취미는 독서와 영화감상이 제일 많으며, 바쁘지만 틈만 나면 여행가길 좋아하는, 자유롭고 도전적인 사람들이다. 90%이상이 이렇게 쓴다.

쓰나마나한 뻔한 표현은 안 쓰는 게 좋다. 그런데 정말로 뻔한 내용을 써야 한다면 어떻게 하나? 내 취미가 진짜 독서라면?

그럴 때는 뻔하지 않은 형식으로 써야 한다. 다짜고짜 제 취미는 독서입니다, 이렇게 쓰면 안 된다. 아래와 같이 읽는 사람의 예상을 뛰어넘어야 한다.

'아무리 생각해 봐도 저는 취미가 없는 것 같습니다. 물론 시간 날 때마다, 그리고 돈이 생길 때마다 책을 사서 읽기는 합니다. 책을 고를 때는 서점에 직접 가서 목차와 서문을 꼭 읽어 보기는 합니다. 하지만 이게 제 취미라고 말해도 될지, 솔직히 잘 모르겠습니다. 요즘 취미라고 하면 다들 너무 비싸고, 뭔가 특별한 일들을 취미라고 말하기 때문입니다.'

자기소개서를 쓰라고 하면 다들, '참신한 것'을 찾아서 눈이 빨갛게 변한다. 잠은 몇 시간 자지도 못한 좀비들이, 팔을 늘어뜨리고 먹잇감을 찾듯 그렇게 참신한 것을 찾아다닌다. 솔직히 무섭다. 보고 있으면 나도 기겁한다.

참신한 삶을 살아오지 않았는데, 어떻게 참신한 자소서가 나올까? 차라리 솔직한 게 낫다. 그리고 솔직한 이야기를 그냥 쓰는 것보다, 읽는 사람이 예상하지 못하게 쓰면 된다. 그러면 재미있게 읽어 준다. 복사한 것처럼 똑같은 자소서의 홍수 속에서 이런 솔직한 예상 밖의 이야기야말로 가뭄의 단비처럼 달콤하게 읽히는 법이다.

또 하나 중요한 점은, 최대한 구체적으로 써야 한다는 것이다. '좋았습니다.', '성공했습니다.', '깨달았습니다.' '배웠습니다.', '기뻤습니다.' 이런 말로 대강 얼버무리려고 해선 안 된다. 수치와 고유명사, 자세한 해설과 묘사를 덧붙여라.

마지막으로 제발 '멋 부리지 말라.'고 말하고 싶다. 시험 에세이는 잘 쓴 것을 뽑지 않고, 잘 읽히는 것을 뽑는다. 마치 문학청년은 이 세상에 나 혼자뿐이라는 듯 청승 떨지 말고, 그냥 담백하고 깔끔하게 술술 읽히는 문장이면 족하다.

자기소개서 때문에 고민이라면 앞의 다섯 가지 방법대로 해보자. 그래도 못쓰겠으면 나를 찾아와라. 나랑 인생 이야기부터 한번 풀어야 될 테니까. 자소서를 쓸 때는 혼자 쓰면 안 된다. 오랫동안 나를 지켜보고, 그 순간 나와 함께 했고, 나를 객관적으로 봐줄 수 있는 타인들에게 나에 대해 물어 보고 써야 한다. 제발 스스로에 대해 취재하고, 객관적이 되기를 바란다. 그것만큼 좋은 자소서는 없다.

에세이 실전연습 : 상황별 연습문제

1. 일상 에세이

– 일상생활에서 내가 사용하는 소품 서른 개를 찾아보자.

각각의 소품들이 들려 주는 이야기는 무엇일까?

___

___

___

___

___

___

___

___

___

___

2. 여행 에세이

– 여행을 가지 않았다면 결코 생각하지도, 경험하지도 못했을 사건이나 사람은

누구였을까? 만약 그 사건이나 사람이 없었다면 나의 인생은 지금쯤 어떻게

진행되고 있을까?

3. 시사 에세이

    – 지금 이 시대라서 다행이거나 마음에 드는 점 열 가지를 찾아보자.

     지금 이 시대라서 불행하거나 마음에 안 드는 점 열 가지를 찾아보자.

4. 시험 에세이

   – 다음의 제시어로 작문해보자. 지금의 나를 만들어 준 사람 세 명, 그리고 다

     섯 가지 사건과 열 가지 물건.

Part 5

에세이,
삶에 깊이를
더하다

나다움을 찾아가는 여행

흔히들 자유만 주어지면 행복할 거라고 착각한다. 하지만 막상 자유가 찾아왔을 때, 사람들은 도리어 당황해하고 불편해한다. 학교를 빼먹은 적 있는가? 처음에는 신나서 밖으로 나가지만 정작 밖으로 나간 다음부터는 무엇을 할지 몰라서 당황한다.

모처럼 외근 나와 잠시라도 자유시간이 주어졌을 때, 막상 할 게 없어서 멍하니 커피만 마시다가 들어간 적은 없는가? 나는 많았다. 아이들과 남편을 출근시켜 놓고 집에 혼자 있을 때, 주부들은 자유로운 게 아니라 당황스러워한다. 왜 그럴까? 선택의 자유가 없기 때문이다.

맞다. 우리에게 필요한 건 선택의 자유다. 인간은 아무것도 선택하지 못한 채 태어난다. 세상에 내동댕이쳐진단 말이다. 시대도, 나라도, 부모도, 성별도, 몸도, 체질도, 심지어 이름마저도 내 선택이 아니다. 내가 고른 건 하나도 없다. 그런데 이게 나란다. 내 인생이란다.

니가 하고 싶은 걸 마음대로 하라고 하지만, 정말로 우리가 할 수 있는 건, 하고 싶은 것과 최대한 비슷한 걸 선택하는 것뿐이다. 현실과 이상 사이란, 다름 아닌 수많은 선택으로 뒤덮인 여기와 저기 사이다. 우리는 결국 끝없는 선택을 통해서만 현실에서 이상으로 나아간다. 그리고 그 선택이 나정체성와 내삶가치관을 만든다.

나다움을
선택하라

명심하자. 인간의 자유가 드러나는 건 오로지 선택할 때뿐이다. 인간은 오로지 선택의 순간에만 자기 자신이 된다. 선택의 폭은 사람마다 다를 수 있다. 하지만 둘 중 하나를 고르더라도, 선택하는 그 순간 우리는 비로소 자유로운 존재가 된다.

자유의지를 발휘하는 것. 이것이 인문학의 핵심이다. 우리는 신과 같은 전지전능한 존재가 아니다. 오히려 수많은 한계와 제약 가운데 이리저리 고르고 또 고를 수밖에 없는 불완전한 존재다. 그러나 불완전한 인간을 완전하게 만드는 길은 오로지 선택뿐이다. 우리는 끊임없이 선택하고 또 선택하고 또 선택함으로써 간신히 나 자신이 된다.

선택의 순간에 집중하자. 선택의 순간이야말로 진정한 내가 될 수 있는 절호의 기회다. 선택할 수 없음을 불평하고, 선택하게 해 달라고 저항하자. 선택의 자유야말로 인간답게 살 자유이기 때문이다.

오늘 하루, 당신은 어떤 선택을 쌓아갈 것인가? 그 선택이 정말로 당신의 정체성과 가치관을 드러내는가? 아니면 당신의 존재를 그저 다른 사람의 선택에 맡겨 버릴 참인가? 당신이 당신답게 살아가는 일, 이건 오로지 당신의 선택에 달려 있다.

할 수 있는 한, 끝까지 당신 자신을 선택하라. 아무것도 선택할 수 없을 때조차 선택하려고 발버둥 쳐라. 아무리 작은 선택이라도 스스로 선택하기를 포기하지 말자. 나다운 선택만이 나다움을 찾아가는 지도를 그려 줄 테니.

지금, 나답기를 선택하라. 그러면 어제보다 오늘 더 나다워질 것이다. 나다움의 끝이 어디인지는 나도 모른다. 그러나 분명한 건 인간은 지금 이 순간만 선택할 수 있는 존재라는 사실이다. 그러니까 지금 선택하라. 여기서 선택하라. 선택은 나의 권리다. 내가 나답게 살 수 있는 권리다.

에세이를 쓴다면 가장 먼저 찾아야 할 것, 그것은 나다움이다. 그런데 이게 쉽지가 않다. 바로 먹고사니즘 때문이다.

먹고 살아야 하니까?

모두들 어떻게 먹고 살까, 이게 고민이다. 나도 마찬가지다. 시간이 가면 갈수록 삶이 만만치 않다. 하지만 이 고민을 그저 '내 문제'로만 여기는 이상 길은 보이지 않을 것이다. 그렇다. 이것은 내 문제만이 아니다. 이것은 우리의 문제다.

경계는 허물어졌다. 지금 우리가 살고 있는 세상은 완연한 포스트모던 시대다. 경계는 이미 허물어졌다. 그런데 한국 사회는 여전히 모더니즘 시대를 살고 있다. 낡았다. 낡아빠졌다.

포스트모더니즘 시대의 특징은 아주 거칠게 표현하면 경계가 없다는 점이다. 예는 아주 많다. 남자와 여자의 경계가 없어졌다. 노인과 청년의 경계도 없어졌다. 이제 노인들도 청바지를 입고, 노인들도 젊은이처럼 논다. 이제 온라인과 오프라인의 경계도 없다. 생산자와 소비자의 경계도 없다. 생산자도 소비하고, 소비자도 생산한다. 제작자도 시청하고, 시청자도 제작한다. 지역의 경계도 없다. 미국이 중국이고, 중국이 미국이다. 예술과 일상의 경계도 사라졌다. 작품이 곧 작가이고, 작가가 곧 작품이다. 읽기와 쓰기의 경계도 사라졌다. 심지어 인간과 로봇의 경계마저 사라질 지경이다.

세상이 이렇게 돌아가는데도 우리나라는 경계가 너무 많다. 보수와 진보의 경계가, 영남과 호남의 경계가, 젊은 세대와 기성세대의 경계가, 남자와 여자의 경계가, 남편과 아내의 경계가, 보스와 부하의 경계가, 사장과 직원의 경계가, 대기업과 중소기업의 경계가, 시댁과 친정의 경계가, 예술과 직업의 경계가, 교회와 세상의 경계가 너무나너무나 확고하다. 지긋

지긋한 유령 같은 경계들이.

너와 나를
구분 짓는 것은
경계선이 아니다

아직도 한국 사회에는 곳곳에 무너진 경계선들이 우뚝 솟아 있다. 이렇게 해서는 살아남지 못한다. 망한다. 그러나 더 큰 문제는 모더니즘의 경계는 억지로 허문다고 없어지는 게 아니라는 점이다. 경계는 이미 허물어졌다니까?

이제 더 이상 외적인 형식으로 정체성을 규정하는 모더니즘을 벗어야 한다. 그냥 새로운 패러다임을 살아가야 한다. 부수는 게 아니라 새로 만들어 옷입어야 한다.

IT가 자동차가 되고 자동차가 IT가 되는 세상이다. 우리는 언제까지 경계만 짓고 살아갈 것인가? 의대나 법대에 가면 출세한다는 모더니즘적 발상, 돈 벌면 집 산다는 이 낡은 틀을 갈아입지 않으면 안 된다. 이제 모든 것은 새로워져야 한다. 개혁이 아니다. 혁명이다. 우리는 지금 혁명적 기로에 서 있다.

이게 참 재미있다. 모더니즘적 현실을 포스트 모더니즘적 존재로 살아간다는 게. 물 한 잔을 마셔도 혁명적이고, 글 한 줄을 적어도 혁명적이다. 동지들이여, 혁명에 동참하라. 이 혁명은 이미 성공한 혁명이다.

우리에게 정말 필요한 것은 스스로 살아가는 용기. 홀로 서도 외롭지 않은 나다움이다. 밖으로 보여 주는 나다움이 아니다. 속으로 옷 입는 나다움이다. 경계 짓지 않는 새로운 정체성이다.

나다움은 돈으로 살 수 없다

여기 서른 살 동갑내기 두 청년이 있다. 월급 90만원 받는 청년 A와 월급 500만원 받는 청년 B. 혼자 살아가기조차 벅찬 청년 A도 서른 살이고, 별로 부족한 것 없는 청년 B도 서른 살이다.

이 두 청년이 한자리에 모여서 내 강연을 들었다 치자. 나답게 살라고, 내가 누구인지 발견하고, 매순간 더 나다운 선택을 하라고 이야기했다. A는 분노하고, B는 실망한다.

A는 '먹고 살기도 힘든데 무슨 나다움이냐.'고 분노하고, B는 '좀 더 거창한 거 없냐.'고 실망하는 것이다. 나는 되물었다. 과연 이들이 생각하는 나다움이란 무엇이냐고.

A는 하고 싶은 것을 마음껏 하는 것이라고, 좀 더 좋은 옷을 입고, 좀 더 좋은 음식을 먹고, 좀 더 좋은 집에서 사는 것이라고 이야기한다.

B는 좀 더 본질적인 것이라고, 남들과 다른 나만의 만족을 찾고 싶다고 이야기한다. 더 어려운 지식이나 더 특별한 경험을 갖고 싶다고.

둘 다 틀렸다. 나다움은 그런 게 아니다. 우리는 나다움에 대해서 철저하게 오해하고 있다. 나다움은 돈으로 살 수 있는 게 아니다. 나다움은 어떻게 해서 가질 수 있는 것이 아니다.

진정한 나다움이란, 말하자면 나의 인격이다. 돈을 적게 벌든, 많이 벌든, 바뀌지 않는 나의 본모습이다. 돈이 많아서 입고 싶은 옷 다 입는다고 나다워지는 것도 아니고, 돈이 없어서 뭐하나 내 맘대로 할 수 없다고 나답지 않은 것도 아니다.

꿈꾸는 대로 산다고 나답게 사는 것도 아니고, 꿈이 없다고 나답지 않은 것도 아니다. 나다운 사람은 지금 이 순간을 당당하게 맞이하는 사람이다. 나다운 사람은 매순간을 최선을 다해 맞이하는 사람이다.

나다운 사람은 매순간 살아있는 사람이다. 내가 어떤 처지에 처해 있든, 내가 어떤 환경에 처해 있든 내가 살아있음을 만끽하는 사람이다. 그러면 우리는 어떻게 나다워질 수 있는가?

나의 한계를 있는 그대로 받아들이는 것. 이것부터 시작해야 한다. 영원히 살 수 없다는 것, 모든 것을 다 가질 수 없다는 것, 과거를 돌이킬 수 없다는 것, 한 치 앞도 내다보지 못한다는 것, 내가 모른다는 것, 내가 완벽하지 않다는 것을 인정해야만 한다.

그때 비로소 진정한 내가 보인다. 나의 한계를 인정하고 나서야 내가 누구인지가 바로 보인다. 그리고 깨닫게 된다. 내 삶의 의미가 무엇인지를.

맞다. 나다움이란 내 삶의 의미를 찾는 일이다. 돈이 많든 적든, 잘 생겼든 못 생겼든, 직업이 있든 없든, 지금 이 순간을 만끽하는 사람만이 맛볼 수 있는 삶의 참맛이다.

내 삶의 의미를 다른 사람과 비교해서 찾을 수는 없다. 이 세상에 똑같은 사람이 하나도 없듯이, 똑같은 삶의 의미도 있을 수 없다.

사람은 누구나 하나의 존재로서 가치롭다. 다만, 그것을 발견하고 누리는 것은 스스로의 몫이다. 그래서 인문학이 필요하다. 지식이 아니라 깨달음이다. 이 세상의 어느 누구도 죽기 위해 태어난 사람은 없다. 단 하루를 살아도 의미 없는 삶은 없다.

남들처럼 살아야 한다고 생각지 말라. 남들도 나처럼 살아야 한다고 생각지 말라. 우리의 삶은 하나하나가 다 소중하다. 똑같아서가 아니라 달라서 소중하다.

그래서 나다움은 돈 주고 살 수 없다. 돈 주고 사는 나다움은 가짜다. 아무것도 없다고 삶의 의미마저 없는 건 아니다. 꿈이 없다고 살 수 없는 것도 아니고, 돈이 없다고 인생을 살아갈 자격이 없는 것도 아니다.

살아야 한다. 어떻게든 나는 나로 살아야 한다. 삶이 다해 죽음이 찾아오기 전까지, 우리는 삶의 의미에 충실해야 한다. 살고 싶은 건 죄가 아니다. 살지 못하게 하는 게 죄다. 살아있는 모든 것은 그 자체로 의미롭다. 문제는 스스로 깨닫는 거다.

인문학은 사람을 살리는 일이다. 사람을 죽이는 인문학은 없다. 나다움은 나를 살게 하는 힘이다. 돈으로 주고 사고 팔 수 없다.

나는 작가다

나는 작가다. 그런데 작가가 아니다. 이제껏 여러분이 보지 못했던 새로운 존재다. 나는 글을 써서 살지 않고 삶 자체로 글을 쓴다. 내가 곧 글이다. 작가가 나다.

자, 그렇다면 당신은 누구인가? 기존의 방식으로 대답하지 말라. 당신만의 새로운 대답을 찾아야 한다. 혁명이 일어나야 대답할 수 있을 것이다. 아니, 대답하는 순간 혁명이 일어날 것이다.

자, 누구인가 당신은? 당신 자신을 찾아서 글을 써 보지 않겠는가?

연애소감

나는 우리나라에 연애 에세이가 많아졌으면 좋겠다. 다들 연애하고 또 연애 에세이를 썼으면 좋겠다. 남이 하는 연애 얘기 말고, 내가 하는 내 연애 이야기 말이다.

프랑스의 역사가 장 루이 플랑드랭은 19세기 이전까지 연애와 결혼이 분리되어 있었음을 지적한다. 결혼은 어디까지나 굳건한 사회제도로 자리했을 뿐, 결혼의 준비 단계로써 연애란 존재하지 않았다는 것이다. 하지만 현대 사회에서 연애란, 결혼에 이르기 위한 필수과정으로, 설령 중매결혼이 또한 오늘날은 거의 소멸해 가는 단어가 아닌가 한다. 이라 할지라도, 당사자들의 '연애감정' 없이 곧장 결혼으로 이어지는 경우는 거의 없다고 볼 수 있는 상황이다.

우리 시대의
연애

가문과 가문이, 한 가족과 가족이 만나 협의해서 이뤄지던 결혼은, 어쩌면 그리 어려운 일이 아니었을지도 모르겠다. 오히려 더 어렵게 느껴지는 건, '감정'에 의지해서 만나는 요즘의 연애가 아닐까? 결혼이 가문의 일이 아니라, 개인의 일로 변하면서, 결혼을 준비하는 몫도 가족 전체가 아니라 한 개인으로 점점 변해가는 듯하다. 물론 여전히 '시월드'니 '처가살이' 니 하는 말들이 유행어가 되고, '혼수'를 준비하는 일은 부모의 도움 없이는 너무나 벅찬 일이 되어 버렸다는 사회면의 기사가 쏟아지기는 한다. 하지만 그럼에도 불구하고, 점점 결혼은 개인에게 맡겨진 선택의 문제라는 쪽으로 인식되고 있으며, 그에 따라 이혼도 가정의 문제로 보기보다는, 오히려 부부 각자의 문제라는 방향으로 생각이 바뀌는 듯하다. 그리고 그럴수록, 결혼을 위한 남자와 여자의 연애가 더 무겁고 심각한 주제로 다가오는 것 같다.

결혼과 연애를 비교해 보자면, 결혼은 더 개인적이고 가벼워진 반면에, 연애는 그만큼 더 부담스러워졌다고 해야 할까?

결혼을 위해서 개인이 준비해야 할 몫이 늘어난 만큼, 요즘 젊은이들은 일찌감치 취업에 더 연연하게 되고, 자연스럽게 결혼연령은 늦어지면서, 서른이 넘어서까지 제대로 된 연애 한 번 못해봤다는 이른바 '솔로부대'가 속출하는 상황이다.

소설가 김애란의 〈성탄특선〉이라는 단편[1]에는 데이트 비용도, 데이트할 장소도 마땅치 않은 커플이 급기야는 성탄 전야를 따로 보내게 되는 이야기가 나오며, 한 시사주간지에서는 〈연애, 마침내 '스펙'이 되다〉라는 제목의 특집기획[2]으로 연애하기 어려운 우리 젊은이들의 고달픈 현실을 조명하기도 했다. 무슨 말인가. 애인을 사귀기 위해서는 어학원 시간도 맞춰야 하고, 비용도 만만치 않으며, 매번 만날 때마다 어디서 무엇을 해야 할지 고민하는 것이 너무 힘들다는 하소연이다. 아닌 게 아니라 오늘날 우리 사회 20대들의 삶을 들여다보면, 과연 연애할 시간이나 제대로 있을지 의심스러울 만큼 스펙과 취업에 쫓기는 삶을 산다. 그렇다고 취업에 성공한 직장인 싱글들이 더 낫다는 건 아니다. 어느 정도 나이도 있고, 결혼

---

1   김애란, 단편집 《침이 고인다》 중 〈성탄특선〉.
2   〈한겨레21〉 1000호 특집 '연애, 마침내 '스펙'이 되다', 2014. 3. 3.

에 대한 주변의 압박이 심해서, 이들은 아예 처음부터 대놓고 결혼을 전제로 만나야 하는 상황이다. 하지만 대학시절이나 취업 전, 제대로 된 연애 한번 못해본 이들에게, 결혼을 전제로 하는 연애란 그저 무겁고 부담스럽다.

연애란 본디 즐거운 방황인 것을

직장인으로 1년 넘게 사랑을 키워 오고 있는 한 커플에게 물어보았다. 처음 만났을 때, 어땠느냐고. 누구나 처음 사랑을 느끼게 된 순간은 비슷한 것 같다. 그들 역시, '만난 지 몇 시간도 되지 않은 그때, 조곤조곤 읊조리던 내 이야기를 들으며, 나를 뚫어지게 쳐다보던 그의 눈물 그렁그렁한 눈빛을 보았을 때' 사랑을 느꼈다고 했다.

그렇게 서로 다른 두 사람이 만나서, 서로의 다름에 이끌려 연애를 시작하는 것. 아마 대부분이 비슷할 것이다. 이들 역시 매사에 이성적이고 신중해야 했던 남자와 매사에 감정적이고 충동적이었던 여자였고, 서로의 다름을 통해 더 성숙해지기를 꿈꿨다. 남자는 여자를 통해 자신의 감정에 충실하며 용기 내서 살아갈 수 있기를, 그래서 마음껏 웃고 분노하고 춤출 수 있기를 원했다. 반면 여자는 그런 남자를 통해서 목표와 사명에 충실하며, 절제와 인내로 살아갈 수 있기를, 마음껏 읽고 쓰고 토론할 수 있기를 꿈꿨다. 누가 봐도 매력적인 두 사람이었기에, 두 사람이 함께 하는 모습은 더욱 아름다워 보였다. 하지만 아름답게 사랑을 키워가던 두 사람이 어려움에 봉착한 건, 그리 오래지 않아서였다. 그들은 이렇게 토로했다.

"연애를 하면서 예상하지 못했던 어려움은 우리가 아직 어리다는 것이었어요. 충분히 하나가 될 수 있을 만큼 둘 다 부모에게서 독립하지 못했다는 사실이 참 힘들게 다가왔죠. 하나됨을 위한, 부모로부터의 정서적 독립과 경제적 자립의 길, 그 자체. 우리에게 그게 필요하다는 걸 깨닫게 되었습니다."

어쩌면 아직 이십대 중반에 불과했던 이들이, 독립과 자립의 필요성을 느낀 것. 이 자체가 연애가 주는 유익인지도 모르겠다. 연애는 그렇게 서로를 더욱 자라게 하니까 말이다. 하지만 이들은 이런 연애의 유익을 유익으로 느낄 수 없었다. 그것은 그 자체로 심한 스트레스고, 압박이었다. 이들이 살아가는 사회의 현실이 그랬기 때문이었다. 그래서 이들은 이렇게 고백한다.

"만약 이 사람과의 연애를 다시 준비할 수 있다면, 먼저 더 건강해져야 할 것 같아요. 건강함에서 우러나오는 활기와 아름다움을 갖추고 싶고, 또 부모님에게서 경제적으로 자립한 상태였으면 좋겠어요. 그리고 함께 시간을 공유하기 위한 좋은 습관과 열정독서, 운동, 여행들을 길렀다면 더 좋았을 것 같아요."

아쉬움을 안은 채, 이들의 연애는 지금도 계속되고 있다. 또래에 비해서 자신의 상태를 정직하게 잘 들여다보고, 무엇이 부족하며, 무엇이 필요한지를 잘 아는 이들의 모습이 참 아름답고 젊은이답다. 그렇다. 본래 연애란 이런 것이다.

헤르만 헤세도 말하길 '우리에겐 사랑 그 자체로 충분하다. 마치 목적을 두지 않고 방랑 그 자체의 즐거움을 얻듯이.'라고 했다. 젊은 청춘들에게 연애란, 어쩌면 더 나은 자기 자신을 발견하게 하는 즐거운 방황인지도 모른다.

건강한 연애소감이 넘쳐나기를

문제는 방황할 시간조차 없다는 것이다. 아니, 방황할 엄두조차 내지 못하는 게 오늘날의 현실이다. 영국의 작가 E. M. 포스터가 쓴 《전망 좋은 방》이라는 소설1908년作이 있다. 영국의 상류층 아가씨 루시가 이탈리아 여행을 하던 도중 조지를 만나 사랑에 빠진다. 하지만 그녀는 사회적 평판과 예의범절에 따라 점잖은 신사인 세실과 약혼을 하게 된다. 포스터는 이 작품에서 '현실의 연애'가 부딪히는 지점을 다음과 같이 예리하게 짚는다.

이 책을 읽는 독자들은 '루시가 조지 에머슨을 사랑한다.'는 걸 분명히 알 수 있을 것이다. 하지만 루시의 입장에 선다면 그게 그렇게 분명하게 보이는 것은 아니다. 인생은 정리하기에는 간단하지만 실제로 살기는 혼돈스러우며, 우리는 언제나 '신경'이라든가 다른 피상적인 말들로 내면의 욕망을 가려 덮으려고 한다. 그녀는 세실을 사랑했다. 조지는 그녀를 불안하게 했다. 누가 그녀에게 두 문장이 바뀌어야 한다고 말해 줄 것인가?[3]

현실에 맞서 사랑을 선택하려는 자는 불안하다. 내면의 목소리는 그저 혼돈으로 들릴 뿐이고, 많은 사람들이 현실을 쫓아서 사랑을 이용한다. 결국, 우리 시대의 연애란 현실을 살아가는 젊은이들의 한 방법일 뿐일까? 연애다운 연애, 젊은이를 더욱 아름답게 자라게 하는 연애가 절실한 시대다.

---

3   E. M. 포스터, 《전망 좋은 방》, 고정아 옮김, 열린책들, 2005.

죽음이 일깨우는
삶의 신비

죽음은 아무도 피해갈 수 없다는 점에서 참 강력하다. 또 가혹하다. 인간은 모두 죽는다. 이 단순하고도 명확한 사실이 태초부터 지금까지 인간을 인간답게 만들어왔다. 앞으로도 그럴 것이다. 사람은 누구나 살아가는 동안 틈틈이 죽음을 고민하기 때문이다. 고대 그리스의 철학자 디오게네스는 '항상 죽을 각오를 하고 있는 사람만이 참으로 자유롭다.'고 말했다. 스티브 잡스는 죽음을 일컬어 '삶이 남긴 최고의 발명품'이라고 했다. 만약 죽음이 없다면, 우리는 아무도 '어떻게 살 것인가?' 고민하지 않을 것이다.

어떻게 죽을 것인가?

시간은 돌이킴 없이 흐르고, 삶은 반드시 끝난다. 그렇기 때문에 사람들은 매순간 고민할 수밖에 없다. 잊고 사는 것 같아도, 죽음은 항상 사람들 가까이에서 삶의 소중함을 일깨워 주곤 한다.

2014년은 유난히도 많은 죽음을 고민해야 했다. 죽음에 대처하는 우리 사회의 모습은 그다지 지혜로워 보이지 않았다. 웰빙well-being과 웰다잉well-dying이 실은 동전의 앞뒤처럼 맞닿아 있는데도 말이다.

스무 살 무렵, 처음으로 미국에 가게 되었다. 그 때 나를 마중 나왔던 외삼촌은 이렇게 말해 주었다.

> "여기는 아주 먼 곳이야. 한국에서 보면, 너는 죽은 거나 마찬가지라고 할 수도 있어. 그러니까 한국에서 어떻게 살았든지 신경 쓰지 말고, 여기서는 새롭게 살아 봐. 다시 태어난 것처럼 살아 보라구."

그랬다. 나는 태평양을 건너고, 다시 대륙을 횡단해서 서울에서 무려 11,000km가 넘는 곳에 와 있었다. 서울에서는 내가 죽었다고 해도 될 만큼 말이다. 나는 그날 밤을 뜬 눈으로 지새우며, '새롭게 다시 태어난' 미국에서 어떻게 살아볼 것인지를 고민했었다.

미국에서 내게 주어진 시간은 불과 6개월, 결코 길지 않은 시간을 나는 할 수 있는 한 유익하게 보내고 싶었다. 비록 어린 나이였지만, 나는 미국에서만 할 수 있는 일들이 무엇일까 고민했고, 하루하루 내게 주어진 시간에 충실하려고 발버둥쳤다. 그렇다. 우리는 여전히 어떻게 살 것인지 고민해야 한다. 그리고 삶을 고민하는 가장 좋은 방법은 어떻게 죽을 것인지를 고민하는 것이다.

죽음에 이르는 병

덴마크의 철학자 키에르케고르1813~1855는 그의 저서《불안의 개념/죽음에 이르는 병》에서 다음과 같이 말한다.

'아아, 그러나 언젠가 모래시계가, 이 세상의 모든 모래
시계가 멈추는 날이 오면, 그리고 속세의 소란이 침묵하
고 쉴 새 없는 무익한 분주함이 종말을 고할 때가 오면,
당신 주위에 있는 모든 것이 영원 속에 있기라도 하는 것
처럼 조용해지는 때가 오면, 그때는 그대가 남자였는지
여자였는지, 부자였는지 가난뱅이였는지, 남의 종이었는
지 독립한 인간이었는지, 행복했었는지 불행하였는지,
또 그대가 왕위에 있으면서 왕관의 빛을 받고 있었는지
혹은 사람의 눈에 띄지 않는 천한 신분으로서 그날그날
의 노고를 걸머지고 있었는지, 그대 이름이 이 세상이 존
속하는 한 사람들의 기억에 남을 것인지, 사실 또 이 세
상이 존속해 온 동안 기억에 남아 왔는지, 아니면 그대는
이름도 없이 무명인으로서 수많은 대중에 섞여 함께 뛰
어 돌아다녔는지, 그리고 그대를 둘러싼 영광이 모든 인
간적인 묘사를 능가하고 있었는지, 아니면 더없이 가혹
하게 불명예스러운 판결이 그대에게 내려졌는지 하는 것
은 아무런 상관이 없다.'[4]

---

4   pp.202-203, 키에르케고르, 《불안의 개념/죽음에 이르는 병》, 강성위 옮
김, 동서문화사, 2007.

그러면서 다시 말하길, 인간은 자기 주위에 있는 많은 인간의 무리를 보고 여러 가지 세상사적인 속된 일에 종사하며, 분주히 일하면서 세상일에 익숙해짐에 따라 자기 자신을 망각해 버리고 만다고 지적한다. 그래서 자기가 어떤 이름을 가진 사람인가 하는 것도 잊어버리고, 또한 자기를 믿으려고도 하지 않고, 자기 자신이고자 하는 것은 도리에 어긋난다고 생각하기에 이른다.

다른 사람들처럼 행동하고 있는 편이, 즉 원숭이처럼 흉내나 내며 있는 것, 다시 말해 많은 사람들 가운데 평범한 하나가 되어 섞여 있는 편이 훨씬 마음 편하며 안전하다고 생각해 버리는 것이다. 그런데 이런 형태의 절망을 세상 사람들은 전혀 알아차리지 못하고 있다고.

자기 자신으로 살아가기를 포기하는 것, 그것이 바로 진짜 절망이며, 그것이야말로 죽음에 이르는 병이라는 뜻이다.

자기 자신으로
살아가기

무엇보다 우리는 자기 자신이 되어야 한다. 어떻게 살아야 할까를 고민한다고 해서, 무슨 직업을 가질까, 얼마나 돈을 벌까, 얼마나 높은 자리에 올라갈까 고민하라는 뜻이 아니다. 키에르케고르가 말했듯, 남자였는지, 여자였는지, 왕이었는지, 노예였는지는 결국 상관이 없다. 영원은 우리에게 살아가는 동안 너는 너 자신이었느냐고만 묻기 때문이다. 오직 너만이 살 수 있는 삶을 살았느냐고, 다른 누구도 아닌 너 자신의 삶을 살다왔느냐고 묻기 때문이다.

  그러므로 우리는 나 자신이 누구인지부터 알아야 한다. 이미 있는 길이 아니라, 아직 존재하지 않는 나의 길을 걸어가야 하는 것이다. 그래서 우리는 스스로를 공부工夫해야 한다. 공부란 '손에 망치를 들고 있는 사람'이라는 뜻이다. 공부하는 사람은 깨뜨리는 사람이다. 그는 오해와 편견, 고정관념과 선입견을 깨뜨린다. 뿐만 아니라 그는 밖에서부터 주어진 모든 것을 깨뜨린다. 새가 알을 깨고 나오듯, 스스로를 공부하는 사람은 틀을 깨고 나와서 진짜 자기 자신이 된다. 그때 비로소 나의 길이 생겨난다. 길이 먼저가 아니다. 내가 먼저인 것이다. 내가 걸어가야 비로소 나의 길이 된다.

돈키호테가 '진짜 기사'가 되겠다고 할 때, 사람들은 그를 보고 미쳤다고 조롱했다. 그러나 그는 가장 늦은 나이에, 세상을 바로잡는 진짜 기사가 되었다. 그는 질 게 뻔한 싸움도 마다하지 않았다. 그에게 있어서 싸움이란 '마땅히 싸워야 할 싸움'만이 있었을 따름이다. 지금 이 순간, 당신은 무엇이 되려하는가? 그것은 진짜인가? 만약 진짜라면, 사람들은 당신에게 현실을 모른다고, 미쳤다고 조롱할 것이다. 당신은 두려워할지도 모른다. 그러나 한 발 한 발 오로지 당신만의 길을 내딛을 때, 전에는 보이지 않던 당신의 길이 비로소 모습을 드러낼 것이다.

당신은 당신의 길에서, 당신과 함께 하는 또 다른 당신을 만날 것이며, 당신의 삶은 다른 이들의 존재와 삶에 중요한 밑거름이 될 것이다. 이것이 바로 당신이 진짜 당신이 되었을 때 일어나는 일이다.

우리 모두는 죽음을 맞이할 것이다. 그래서 인생은 절대 이

길 수 없는 싸움이다. 그러나 질 게 뻔하다고, 싸움을 포기할
수는 없다. 우리는 그저 자신의 진짜 모습대로 살아가야 한다.
세상의 길을 쫓아가든, 나의 길을 쫓아가든 우리 모두는 죽을
것이기 때문이다. 죽음이 있기에 더욱 소중하다. 삶도, 지금
살아있다는 사실도.

글쓰기에
대하여

나는 작가作家다. 작가는 작문作文을 하는 사람이다. 만들 '작', 글월 '문'. 어째서 글을 만든다고 표현했을까? 우리말에도 작문은 '글짓기'라고 표현한다. '짓기'라고 이름 붙이는 대표적인 활동으로 글짓기 말고 집짓기도 있다.

사람들은 글이, 자리에 앉으면 술술 써지는 줄 안다. 그래서 글이 잘 써지느니, 잘 안 써지느니 한다. 또 글이 나온다, 글이 막힌다. 이런 표현도 한다. 마치 물 흐르듯이 나오는 것이 글인 줄 아는 셈이다. 그러나 글은 만드는 것이다.

말도 그렇다. 말 잘하는 사람이라고 처음부터 아무 준비나 도구도 없이 그냥 말하지는 않는다. 첫 마디는 어떤 말을 어떻게 할 건지, 말하는 내내 어떤 어조와 제스처를 취할 것인지, 또 시선은 어디에 둘지 모두 다 '의도'해서 말한다.

이제 마지막으로, 글쓰기에 대해서 정리하고 마무리할까 한다. 앞에서 나왔던 개념과 원리들을 다시 한 번 복습해보자.

글쓰기는 만들기다

글쓰기가 만들기라는 사실을 깨닫는 것. 이게 중요하다. 그래서 글쓰기는 노동이다. 재료가 필요하고, 도면이 필요하다. 적절한 과정과 절차를 지키지 않으면 안 된다. 또한 글쓰기는 무에서 유를 창조한다. 그래서 글쓰기는 예술이다. 보이지 않는 생각과 감정, 현상 뒤에 감춰진 본질을 파헤치는 작업이다. 오감을 넘어선 육감으로 다가가야 한다.

어제는 미처 몸의 노곤함을 이기지 못하고 결국 쏟아지는 잠에 곯아떨어졌다. 그리고는 새벽 일찍 일어나서 벌써 다섯 시간 동안 글을 썼다. 참으로 달콤한 노동이었다. 참으로 성실한 예술이었다.

요즘 온통 글쓰기를 잘하고 싶어 하는 사람들을 많이 만난다. 사람들은 내게 '어떻게 하면 글을 잘 쓸 수 있는지' 묻는다. 그러나 '글쓰기가 무엇이냐?'고 묻는 사람은 아무도 없었다.

글쓰기를 잘하려면 반드시 글이 무엇인지부터 알아야 한다. 연애를 잘하려면 상대방이 누구인지 잘 알아야 하듯이.

노동과 예술 사이, 거기 어디쯤에 당신의 글쓰기가 있을 것이다. 먼저 당신의 글쓰기를 찾으라. 당신의 삶이 재료가 되고, 당신의 진심과 진실이 드러나는 당신만의 글쓰기 말이다. 확신하건대, 쓰지 않고는 배기지 못할 것이다.

그렇다면 과연 글쓰기란 무엇일까?

글쓰기의 개념

글은 정교한 구조를 가진다. 글의 세 가지 핵심은 다음과 같다.

01. 목적독자 : 누구에게 말하는가?

02. 이유작가 : 왜 말하는가? 관점/입장

03. 주제메시지 : 무엇을 전달하는가?

이를테면 '안전'이라는 글감이 있다고 하자. 유치원생이 독자일 때, 대학생, 소방관, 공무원, 직장인, 노년층 등이 독자일 때, 같은 안전을 다룬 글이라도 글의 내용이 달라질 수밖에 없다. 또한 각각의 독자에 따라 글을 전하는 화자話者의 입장이 달라지고, 안전이라는 글감을 대하는 관점 또한 달라진다.

이렇게 독자의 입장이 정해져야 비로소 독자에게 알맞은 주제가 나온다. 이를테면 유치원생에 대해 안전의 기본개념을 교육하기 위해서 쓰는 글의 메시지가 '한국사회 재난안전시스템의 장단점'을 말할 순 없는 노릇이다. 즉 좋은 글은 글의 목적과 이유와 주제의 3가지 중심축이 잘 어우러져서 나오는 하나의 작업 결과물인 셈이다.

글의
구성

글의 목적과 이유와 주제가 정해지면 이제 이것을 어떻게 '배치'할지 정해야 한다. 대부분 미리 정하기보다는, 글을 쓰면서 자연스럽게 물 흐르듯 가는 경우가 많은데, 초고는 그렇게 적더라도, 퇴고할 때는 반드시 적절한 재배치 과정이 필요하다.

글의 구성으로는 3단서론/본론/결론, 4단기승전결, 5단발단/전개/위기/절정/결말이 있다. 이렇게 가는 이유는 글의 구성에 따라 글의 리듬호흡이 정해지기 때문이다. 단순하게 비교하자면 서론, 본론1, 본론2, 본론3, 결론으로 구성된 글은 발단, 전개, 위기, 절정, 결말 구성보다 리듬이 단조로워서 자칫 지루해질 가능성이 높다.

글의 벽돌은 단어, 기둥은 문장, 방은 문단이라고 볼 수 있다. 글쓰기는 집짓기와 같아서, 단어와 문장, 문장과 문단이 하나의 정교한 구조를 쌓아올린다. 그래서 나는 첨삭할 때마다 글에 동그라미, 네모, 세모 표시를 한다. 벽돌을 찾는 것이다. 가령 동그라미는 무엇인가 부정적으로 강조하는 느낌을 주는 단어들, 네모는 글에서 좀 더 구체적으로 감정과 상태를 나타내는 동작들에 표시한다. 이를테면 내용에 따라 범주화시 킨 것이다.

밑줄은 보기에 재밌거나 특이하다고 생각한 지점들인데, 결국 이렇게 표시한 부분들이 글에서 빠져서는 안 되는 벽돌과 기둥임을 나타낸다. 그리고 글을 전혀 다르게 바꿔 보려면, 이렇게 표시한 부분들의 단어나 표현만 반대로 바꾸면 된다.

주어와
서술어

글을 잘 쓰고 싶다면, 주어와 서술어를 똑바로 알아야 한다. 주어와 서술어만 제대로 알아도, 글쓰기 실력이 확 는다. 주어란 무엇일까?

주어 : 주요 문장 성분의 하나로, 술어가 나타내는 동작이나 상태의 주체가 되는 말.
서술어 : 한 문장에서 주어의 움직임, 상태, 성질 따위를

서술하는 말.

그런데 문법적으로만이 아니라, 의미상으로도 주어가 주어다워야 하고, 서술어가 서술어다워야 한다. 예를 들면, '철수는 멋지다.'라는 문장이 있다고 할 때, 형식상으로는 문제가 없지만, 내용상으로는 좀 부족하다. 멋있는 게 정말 철수 맞나? 글쎄, 철수가 입고 있는 옷이 멋질 수도 있고, 철수의 행동이 멋질 수도 있다.

주어를 또렷하게 나타낼수록 작가의 의도가 분명해진다. 여기서는 의미상 주어가 철수의 열심히 일하는 모습이라고 하자. 그럼 '철수가 열심히 일하는 모습이 멋지다.'가 맞는 문장이 된다. 그런데 '멋지다'라는 서술어, 이대로 놔둬도 괜찮을까? 철수가 열심히 일하는 모습이 멋진 거잖아? 그런데 '멋있다'라는 서술어가 정말로 철수의 동작, 상태를 제대로 표현하고 있는 걸까? 아니다. 멋지다고 생각한 건 '나'이기 때문이다. 그러니까 멋지다가 서술하는 주체는 실은 내 생각이다. 그래서 '철수는 멋지다.'의 진짜 문장은 다음과 같다.

나는 철수의 열심히 일하는 모습을 보고, 철수가 멋진 사람이라고 생각했다.

결국 '철수는 멋지다'라는 문장은 의미상, '나는 철수의 열심히 일하는 모습을 보고, 철수가 멋진 사람이라고 생각했다.'라는 의미를 내포한 문장이다. 그렇다면 처음에 글을 읽는 독자들이 '철수는 멋지다.'라는 문장만 보고, 이 문장의 진짜 의미를 알 수 있게 해야 한다. 작가가 제대로 쓰지 않으면, 독자는 절대로 작가의 의도를 읽어낼 수 없다. 독자가 초능력자도 아니고 말이지.

잊지 말자. 주어와 서술어의 바른 사용이 글쓰기의 기본이다.

이야기가 모여서
길이 되는
더 큰 이야기

사람은 누구나 자기 이야기를 할 수 있다. 자기가 누구인지 모르는 사람조차도 말이다. 사람은 결국 이야기 속에서 자기 자신을 만난다. 이야기하는 나와 이야기를 듣는 내가 어우러져서, 미처 알지 못했던 내 모습까지 드러내고 만다.

내가 이야기를 시작하자, 이야기는 그대로 내가 나로 살아가는 첫걸음이 되었다. 기억하는가? 한 발 내딛는 순간에서야, 비로소 길이 생겨난다는 진실을. 내 발걸음이 처음 땅에 닿는 순간만 온전히 내 길이 된다는 사실을 알아야 한다.

길이 먼저 있어서 그 길을 가는 것이 아니다. 내 발걸음을 따라 전에는 보이지 않던 새 길이 생겨나는 것뿐이다. 내 길을 찾으려고 애쓰지 말자. 먼저 찾아야 할 것은 내 이야기니까.

잊지 말자. 세상의 모든 길은 처음에는 길이 아니었음을. 처음에는 다만, 누군가의 이야기가 있었을 뿐이었다.

참 바쁘고 분주한 요즘이었다. 조급하고 힘들었다. 하지만 기억을 뒤적이며 찾아낸 한 가지 사실, 내 길을 가기 위해 필요한 게 다만 내 이야기라는 사실이, 오히려 나를 안심시킨다.

나도 여전히 '나'라는 에세이를 쓰는 중이다. 부디 당신과 내가 어디선가 '우리'라는 이름으로 다시 만나게 되길. 그대의 건투를 빈다.

<u>에세이가</u>

<u>가져다주는.</u>

<u>선물 같은.</u>

<u>삶.</u>

글쓰기로 먹고 살면서 지금껏 글쓰기로부터 받은 은혜(?)란 이루 헤아릴 수 없다. 값을 매길 수도 없고 되팔아 이익을 취할 수도 없다. 쓰면 쓰는 대로 전부 내 것이 된다. 글은 언제나 고스란히 되돌아왔지만, 글이 주는 혜택은 단 한 번도 쓴 것보다 적을 때가 없었다.

맞다, 글쓰기는 늘 더 많이 보답해 주었다. 그러나 무엇보다 실감하는 글쓰기의 신비는, 나 자신의 인격이 자라고 더 강건해진다는, 말하자면 무공을 연마하거나 어떤 종교적 수행에 정진함과 똑같은 발전을 얻는다는 사실이다.

글쓰기의
신비

글쓰기는 그저 아무렇게나 나오는 대로 지껄이면 되는 주정뱅이의 읊조림이 아니다. 혼자 뱉는 말은 자기 마음에만 가라앉지만, 혼자 써재낀 글일지라도, 일단 내보인 글은 읽는 이 모두의 마음 가운데 내려앉는다.

듣기 싫은 말은 그나마 귀를 막으면 되지만, 읽기 싫은 글은 눈을 가릴지라도 이미 늦다. 읽지 않고서는 도저히 좋고 싫음을 예단할 방법이 없어서이다.

글쓰기는 그래서 엄중하다. 읽는 이에게 자비를 청하여야
한다. 읽는 이가 없이는 더 이상 아무 것도 쓸 수 없기 때문이
요, 오직 읽는 이를 통해서만이 더 높은 글쓰기를 향한 스스로
의 증오서린 모자람을 치유받기 때문이다.

읽기와 쓰기가
함께

읽는 이가 누구든지, 나의 글을 읽어 주는 사람은 곧 나의 전
부를 본 사람과 같아서, 글을 쓰는 이는 언제나 알몸이 된 듯
한 부끄러움과 망설임에 쓴 글을 내어놓기 머뭇거린다. 더 미
룰 수 없는 순간에 마지못해 이를 악물고 글을 내어보인다. 누
가 읽어 줄지도 알지 못하면서, 제 몸뚱아리 전부를 맡겨 버리
는, 어리석고 위험한 시도를 감행하고 만다.

어쩌겠는가. 있는 그대로 내보이지 않으면, 내게 있는 치명
적인 상처도, 나만의 고유한 어떠함도 제대로 볼 수 없으니.
우리는 다만 타인을 어루만져 줄 수 있을 뿐이다. 말하자면 글
쓰기라는 이 오묘한 신비는 혼자서는 죽어도 완성하지 못할

공동의 과업이다.

제대로 읽어 주는 이를 만난다면 세상을 다 얻은 듯 기쁘겠
으나, 그렇지 아니할 때의 마음이란 사지가 찢어지는 고통이
된다. 괴로움은 오롯이 글쓴이 혼자 감당해야 할 잔인한 형벌
이다. 그러나 쓰지 않으면 볼 수 없으니 작가의 운명이란 실로
가혹하다. 남의 글은 읽을 줄 알면서도 스스로는 읽을 수 없음
이 인간의 비극이다.

함께 가는
길

글을 쓰려는 자는 글 쓰는 다른 이들과 더불어 연습하는 수밖
에 없다. 우리는 함께 쓰고, 함께 서로를 읽어 주면서 간신히
글쓰기를 정진할 수 있을 뿐이다.

길을 가다 우연히 권법 한 장을 익힌다 해도 사제나 사형지
간의 예를 맺는 게 강호의 법도라면, 글 한 편을 쓰고 또 읽어
주는 사이의 관계란 강호의 예보다 더 무거워야 마땅하다.

드넓은 이 세상에 쉬이 쓰고 쉬이 읽는 이가 왜 없겠냐마는,

그래도 우리는 한 편의 글을 마주칠 때마다 마치 스스로를 읽듯이 힘을 다해 읽어 주어야 한다.

아픔과 좌절이 두렵다면 용기를 먼저 키우는 수밖에. 일단 써서 내보였다면 두려움에 맞서는 수밖에 없다. 보듬어 주는 것은 오로지 읽는 이의 몫이며, 글을 쓰는 나는 다만 읽는 이를 믿고 의지하는 수밖에 없다. 목숨을 잘못 맡겼다고 누구를 탓하겠는가.

우리는 그렇게 서로를 읽어 주며 쓴다. 글쓰기란 본디 그런 것이다.

Thanks to

더불어 함께 글을 쓰는 소중한 글벗들께 이 책을 바칩니다. 〈글쓰기 비행학교 에세이교실〉을 열어 주신 러닝미 유영호 대표님, 1기 김귀성, 김상화, 김주영, 김지영, 김한미, 김훈, 백현진, 손병기, 신재원, 이미영, 이신혜, 이은주, 이재경, 전규선, 한지혜, 황웅규, 2기 구현모, 김현숙, 남진현, 진명지, 심하나,

변주경, 신병규, 이은정, 임병하, 3기 오종민, 이준호, 권동욱, 조금숙, 최혜숙, 허철원, 4기 배효준, 송인순, 오광호, 유민경, 이수민, 차경. 모두들 고맙습니다. 여러분은 이미 에세이스트입니다.

글을 쓰는 동안 이번에도 제게 큰 힘이 되어 주신 강은영 선생님, 정독도서관의 김지혜 선생님, 월간 〈가이드포스트〉의 한송희 편집장님, 백창석, 백인천, 이승연, 성미연, 나승권, 이준호. 일상의 기적을 노래하는 정예원, 그리고 이제는 소설도 쓸 수 있도록 겨우내 도움 주신 최진주 작가님과 매일매일 글쓰기 식구들, 나의 오랜 벗, 용감한 작가들께도 감사드립니다. 지금 이 시간에도 자기소개서와 씨름하고 있을 내 제자들도 파이팅하길.

글을 쓰는 모든 순간마다 나와 함께 해 준 내 사랑 김수미, 김은우, 김은찬, 그리고 글을 쓰는 와중에 태어난 조카 지안이에게 특별한 마음을 전합니다.

나에게.

에세이란.

에세이교실에 참여한 에세이스트 이야기

일기를 쓰는 것조차 싫어했던 제가 글을 써 볼 용기가 생겼고, 아직은 많이 부족하지만 나만이 쓸 수 있는 내 글을 쓰기 위해 앞으로도 부단히 노력해 볼 생각입니다. 이런 용기를 가지게 도와주신 '에세이 비행학교' 감사드립니다.

김상화

직접 글을 쓰면서 그것이 다른 사람들에게서 읽혀질 때의 감동을 느끼며 글쓰기를 배웠습니다. 저에게 글쓰기란 아직 어렵고 힘든 과정이지만 비록 작은 글이라도 행복을 알아가는 시간이었습니다.

이은주

벌써 끝이라니……. 아쉬움이 큽니다. 아직도 글쓰기를 잘 모르겠는데 말입니다. 이제 시작했으니 열심히 연습해서 글 쓰는 멋진 삶을 살아야겠습니다.

김한미

너무 좋습니다. 이후에 '매주' 직접 써 보는 강의가 있었으면 좋겠습니다. 직접 쓰고 첨삭하는 조금 더 심화 과정이 있었으

면 합니다.

신재원

글을 잘 쓰기 위해서는 먼저 나 자신에 대하여 잘 알아야 한다. 내가 누구인지, 내가 무엇을 추구하는지, 내가 무엇을 말하고 싶은지, 먼저 그것을 고민해야 한다. 그 다음 일은 그러한 생각들을 표현해 내는 것임을 알게 되었다.

김훈

수업의 목표가 '쓰고 싶다.'는 마음이 드는 것이라고 하셨습니다. 4주차인 현재, 글을 쓰고 싶으며 글을 쓰고 있습니다. 글을 혼자서 쓰기만 하다가 바꿔서 읽어 보고 첨삭을 받을 수 있어 좋았습니다. 글 쓰는 삶을 앞으로도 이어가겠습니다.

한지혜

새로운 것을 많이 생각하는 계기가 되었고 전과 다른 관점을 가지게 되어 좋았습니다. 기존의 글쓰기 교실이 지나치게 상업적이거나 글쓰기를 성공의 수단으로 여기는 듯해 거부감을 느끼는 모임이 많았다면 진정으로 글쓰기에 대해 고민하게 하는, 희소성 있는 수업이라고 생각합니다. 작가님의 진정성을 느낄 수 있어 좋았고 많이 배워갑니다.

이재경

4주가 어떻게 간지 모를 정도로 삽시간처럼 느껴졌습니다. 그냥 에세이 수업이 끝나는 것이 아니라 서로 교제하면서 글쓰기를 통한 자아 발전을 위해 선생님이 애써 주셨으면 합니다. 감사합니다. 계속 인연이 닿길 바랍니다.

김현숙

그동안 썼던 글쓰기를 생각하니 부끄럽기 짝이 없다는 느낌이 들었습니다. 바둑을 둘 때도 기본 포석이 있고 정석을 알아야 변화의 수를 둘 수 있습니다. 글쓰기의 기본도 모르고, 정석도 모르는 상태에서 어찌 좋은 글이 나올 수 있을까요? 기대하는 것 자체가 무리겠지요. 글쓰기의 기본을 알았다는 것이 즐거웠습니다. 향후 중급과정, 심화과정이 개설되면 좋겠습니다. 교재도 수업 전체 내용을 담아서 보기 좋게 꾸민 교재면 더 좋겠습니다. 수업 방식은 대체로 만족했습니다. 실습을 하고나서 리뷰를 해 주는 것도 좋았고요. 중급 과정이 생기면

이어서 수강하려고 합니다.

신병규
___

숲 속을 헤매다 샘을 발견한 기쁨 같았습니다. 자신을 바라보는 방법을 머리로는 알고 있지만 정말 무엇인지는 실천하기 전에 깨닫기 어려운데 글쓰기가 좋은 방법이라는 확신이 듭니다. 선생님도 정말 좋았어요.

변주경
___

강의를 듣는 4주 내내 너무 행복하게 비행했습니다. 여러 가지 일을 하면서 꼭 반드시 이루고 싶었던 것이 '내가 하는 일 생활을 조금 편하게 글로 이야기할 수 있는 사람이 되고 싶다'는 것이었습니다. 말을 하는 직업이라 글쓰기 욕구가 점점 더 커져가고 있었나 봐요. 강의를 신청하기 전에 많은 고민을 했습니다. 과연 내가 글쓰기를 할 수 있는 사람일까? 딱 맞아떨어진다고 할 수는 없지만, 고민에 답을 찾았습니다. 모든 사람은 글쓰기를 할 수 있습니다. 그 글의 형태가 무엇이든 에세이든, 소설이든, SNS든, 냉장고에 붙여두는 메모든. 저는 그 동안 글쓰기가 너무 어렵다고만 생각하고, 일상의 많은 활동은

'글쓰기가 아닌 것'으로만 생각하고 있었습니다. 흘러가는 시간에 점을 찍듯 쓰는 흐르는 글, 가끔 책상에 앉아 커피향을 맡으면서 천천히 써내려 가는 일기 같은 것이 모두 나의 글쓰기임을 깨닫게 된 '에세이 비행학교'였습니다. 김무영 작가님의 진솔한 이야기와 함께 글쓰기의 이론보다 글 쓰는 삶에 대한 조언을 항상 마음에, 머리에 새기고 지내려고 합니다.

심하나

전체적인 글쓰기 과정을 잘 이해할 수 있었습니다. 작가님 말씀대로 실행해야겠습니다. 글쓰기에 대한 태도를 형성하는 데 도움이 되는 좋은 책이었습니다.

허철원

글쓰기에 고민이 많을 때 정말 좋은 강의를 듣게 되어 기쁩니다. 진정으로 글쓰기의 물꼬를 틔워 주는 강의였던 것 같습니다. 부산이다 보니 배울 기회를 찾기가 조금 어려워 그동안 글쓰기를 하고 싶다는 막연한 생각에만 그쳤던 것 같아요. 작가님께 배우면서 생각이 열리는 느낌을 받아서 감사하게 생각합니다. 심화과정이 있었으면 좋겠어요.

권동욱

글쓰기의 이면에 숨겨진 내용들을 정말 상세하게 또 이해하기 쉽게 풀어 설명해 주셔서 머릿속에 쏙쏙 들어오고 강의가 진행되는 동안 '아!' 라는 감탄사를 몇 번이나 했는지 모르겠다. 글쓰기는 아직도 어렵게 느껴지지만 한번 해 볼 수 있겠구나 하는 자신감을 붙게 해 주는 강의였고, 강의료가 전혀 아깝지 않은 좋은 내용이었다. 벌써 끝난다는 게 아쉽고 배운 것들을 한번 실행해 보고 싶은 열망이 계속 올라온다. 더 많은 피드백을 받고 싶었는데 그 시간이 모자라 아쉬웠다.

오종민

글쓰기에서 좀 더 다양한 표현법을 구사하는 데 도움이 되었다. 즐거운 시간이었다.

조금숙

내가 가진 콘텐츠를 글로 풀어내고 싶은 욕심이 생겼는데 어디서부터 어떻게 풀어나가야 할지 막막할 때 에세이교실을 만났다. 참여한 수강생들의 개성을 놓치지 않고 글을 어떤 방식으로 써나가야 할지 맞춤식으로 구체적인 예를 들어가며 방향을 제시해 주는 강좌였다.

글을 어떻게 써야 할 것인지 새로운 관점을 갖게 되었고, 내가 쓰고 싶은 글이 어떤 것인지 알고 거기에 집중할 수 있는 좋은 계기였다. 2회 수업으로 그치는 것이 너무 아쉽다. 준비된 프로그램이 더 있어서 추가 강좌가 개설되고 또 다시 수강할 수 있었으면 좋겠다.

이준호

글쓰기. 배워서 알고 있던 것, 주워들어서 알고 있던 것, 잘못 알고 있던 것 등 글쓰기에 대한 개념 정립을 다시 할 수 있었던 시간이었습니다. 마지막으로 하신 말씀이 깊이 와 닿네요. 글쓰기는 혼자 하는 작업이 아니라 독자와 함께 하는 것이라는. 습작을 하면서 유념해야겠어요.

배효준

단순히 에세이를 배우러 왔다가 하루하루 제 자신을 돌아보는 시간이 되었습니다. 잊고 있던 나 자신을 찾는 방법을 알게 된 것 같아 행복했습니다.

유민경

매 시간 과제를 주고 즉석에서 글을 쓰도록 이끄셨던 점이 매우 좋았어요. 그때그때 피드백 주시는 것도 참 유용했습니다.

이수민

운전면허만 작동원리가 있는 줄 알았는데 글쓰기에도 작동원리가 있다는 것을 배웠습니다. 이 배움이 글쓰기에 자신감을 심어 주었기에 감사드립니다.

오광호

글쓰기는 독자가 직접 보는 것처럼, 소리를 직접 들은 것처럼 독자가 몰입하게 하고, 고민을 해서 자기 경험을 토대로 본인이 독자라 생각하고 써야 한다는 사실을 깨닫고 가슴이 뛰었습니다. 하지만 아직은 어렵네요. 4주 동안 함께 할 수 있어 행복했습니다. 감사드립니다.

송인순

좋았습니다. 꼭 온라인 강좌가 오픈되었으면 좋겠어요.

이신혜

필요에 의해 시작된 수업이었는데 필요했던 만큼 가려운 부분을 잘 긁어 준 느낌입니다. 5주로 진행해도 좋을 것 같습니다. 단기 수업이 개강되더라도 주변에 선물하고픈 수업입니다.

차경